오늘도 부단히 씁니다

박해옥 캘리 에세이

2025 당진 문학인 출판사업

오늘도 부단히 씁니다

2025 당진 문학인 출판사업

어차피 쓰는 사람

우리 학교를 대표하는 선수들이 한자리에 모였다. 내가 여기에 왜 끼어 있는지는 모르겠지만, 수업을 듣지 않고 외부로 나간다는 것에 마냥 들떠 있다. 문제 풀이에 내가 걸릴 것 같은 수학 수업도, 단어 암기에 파묻혀 있는 영어 수업도 오늘은 듣지 않아도 된다. 등교한 지 얼마 지나지 않아 가방을 챙겨 공원으로 향했다. 도착한 공원에는 각 학교에서 뽑혀 나온 학생들이 여럿 모여 있었다.

공원은 지역 학생들의 백일장 현장이었다. 원고지를 제공받고 학교별로 자리를 잡고 앉았다. 현충일을 앞둔 이날의 주제는 '통일'이었다. 지금껏 나는 통일에 대해 진지하게 생각해 본 적이 없었다. 통일은 그저 텔레비전에서나 다루기 좋은 주제라 생각했다. 글짓기를 위해 주어진 시간은 단 두 시간. 글은 단 한 글자도 나오질 않고 주야장천 한숨만 나왔다. 애꿎은 잔디만 뽑아 댔다. 수업을 듣지 않고 야외로 나오게 되어 들떠 있던 마음은 사라진 지 오래다. 어쩌다 이 따뜻한 봄날 공원에 앉아 끙끙 앓고 있는 건지. 한 줄도 못 쓰고 앉아 있었던 두 시간은 열일곱 인생에서 겪는 최대의 고통이자 시련이었다.

우등생은 못 되더라도 모범생은 되어야지,라는 마음가짐으로 학교 생활을 했다. 나에게 모범생의 첫 번째 기준은 바로 숙제였다. 국어 시간에 숙제로 제출한 산문 한편으로 인해 학년을 대표해 이 자리에 앉아 있는 건데, 그만 다음 숙제를 제출하지 못한 학생이 되고 말았다.

함께 대회에 나갔던 한 학년 선배는 주제를 듣자마자 원고지를 채워 나갔다. 부러운 눈으로 선배의 모습을 쳐다보다, 흘러가는 구름무리에 눈길을 쏟다 보니 시간은 속절없이 흘렀다. 결국 작품은 제출하지 못하고 백일장은 끝이 났다. 막힘없이 글을 쓰던 선배는 백일장에서 1위의 성적을 거두었다.

글에 대한 로망을 품은 게 이때부터였을까. 글과 관련된 업종에 구직활동을 했고, 결국 지역신문사 취재기자가 됐다. 하지만, 백일장에서처럼 알량한 글쓰기 실력은 금방 바닥을 보였고, 마감 스트레스에 시달렸다. 오타가 나거나 구독자의 항의 전화라도 받는 날이면 스트레스가 극에 달했다. 한 번의 이직을 했고, 결혼을 핑계로 5년간의 기자 생활을 접었다.

시간적인 여유가 생기면서 어린 시절 학업으로 인해 마음껏 해보지 못한 분야에 눈을 돌렸다. 다양한 공예 분야에 대해 배우다 접하게 된 캘리그라피. 이것 또한 쉽지 않은 일이지만, 스트레스받지 않고 꾸준하게 하다 보니 어느새 10년이 넘는 시간이 흘렀다. 글을 쓰는 기자에서 글씨를 쓰는 캘리그라피 작가가 된 것이다.

특출 난 재능도 없으면서 글쓰기에 대한 로망은 쉽게 꺾이지 않았다. 시민기자나 서포터즈 활동을 하면서 뭐라도 쓰고 있었다. 진짜 글을 써야 할 때, 쉽게 물꼬를 틀 수 있게 만든 안전장치인 셈이다.

『쓰는 사람이 되고 싶다면』에서 배지영 작가는 부사를 멀리하라고 했다. 그러면서도 본인은 '몹시'라는 부사를 즐겨 쓴다고 한다. 나 또한 즐겨 쓰는 부사가 있다. 그것은 바로 '어차피'. 사전적으로는 '이렇게 하든지 저렇게 하든지. 또는 이렇게 되든지 저렇게 되든지'다. 난 무엇을 하다가 실패했을 때, 또는 원하는 방향으로 흘러가지 않았을 때 면피용으로 많이 쓰고 있다.

캘리그라피 작가 활동을 하면서, 작품을 출품하는 일이 많다. 나는 다른 이들과 달리 고민을 많이 하지 않는 편이다. 그래서 작품 공모 공고가 뜨자마자 바로 작업해서 작품을 보내는 일이 많다. 이 글을 쓰고 있는 지금도 마감보다 훨씬 앞서서 작업을 진행하고 있다.

어차피 마감은 정해져 있고, 써야 되는 거면 빨리 써서 끝내버리는 게 스트레스를 덜 받지 않을까. 질질 끈다고 해서 더 좋은 작품이 나올 것이라는 기대가 크지도 않다. 더 생각하고 고민해서 쓰면 좀 더 나은 작품이 나올지도 모른다. 하지만 미루다가 다른 일정에 밀리고, 아프기라도 하면 시도조차 못 할 수도 있으니 미리미리 해

놓는 게 좋지 않을까 하는 마음 크다. 고작 며칠 더 고민한다고 해서 작품의 질은 크게 달라지지 않을 테니 말이다.

내가 좋아하는 부사 어차피. 로망과 현실은 다르지만, 결론은 똑같이 쓰는 사람이다. 이렇게 하든지 저렇게 하든지 쓰는 사람인 것이다. 한 글자 차이로 뜻은 달라지지만, 글을 쓰던 글씨를 쓰던 어차피 쓰는 사람이라는 타이틀에 만족하며 살다 결국, 에세이 쓰기에 이르렀다. 쓰는 사람이라는 연결고리를 자양분 삼아 버틴 게 지금의 결과를 만들었다.

"저 요즘 글 쓰고 있어요. 제가 쓴 글로 캘리그라피 작품 만드는 게 꿈이거든요."

에세이를 쓸 것이라고 동네방네 소문을 냈다. 중도 포기를 막기 위한 나만의 방법이었다. 중소도시에서 캘리그라피 강사로 살아가는 방법 중 하나는 좋은 이미지를 구축하는 것. 실력도 실력이지만 자신이 말한 약속을 지키는 사람으로 남고 싶은 마음이 크기에 열과 성을 다해 노력했다. 그 결과물을 한 권으로 모았다. 글과 글씨는 물론이고 행복한 삶을 위해 애쓰는 마음을 가득 담았다. 애쓰는 사이사이 행복이 영글었다. 아직은 서툴고 소박하지만, 나의 문장이 당신에게 가 닿아 일렁이기를 희망한다.

차례

제1부 쓰는 사람

제2부 그때, 그대

제4부 결국 행복

제1부

쓰는 사람

아름다움을 발견하는 행복

꽃이 피는 계절이면 꽃잎이 날리며 뿌려놓은 아름다움이 손끝에 잡힐 듯 나를 홀린다.

"여기는 지금 벚꽃 만개."
"여기는 반쯤 폈네."
"여긴 완전 벚꽃 터널이다. 엄마 아버지랑 갔다 왔지. 동영상 보낼게."

매년 봄, 벚꽃이 필 즈음이면 형제들의 단톡방은 여느 때와 다르게 활기를 띤다. 리포터가 된 것처럼 자신이 살고 있는 지역의 벚꽃 개화 상황을 전달하느라 바쁘다. 누가 누가 더 예쁜 꽃을 보았는지 자랑이라도 하는 듯하다. 내가 살고 있는 당진은 다른 지역보다 벚꽃이 늦게 핀다. 그래서 기다림의 시간이 더 길게 느껴진다. 오래 기다린 꽃은 내 마음과 달리 너무 빨리 떠나버리기에 때를 놓치기도 한다.

지난 몇 해 동안에는 무엇이 그리 바빴던 건지 유명 관광지 사진으로만 벚꽃을 접했다. 매주 강의를 나가던 곳 옆에도, 집 근처에도 벚꽃길이 있는데 눈에 담지 못했다. 집에서 더 멀리 나가야 좋고, 더 화려해야 제대로 된 꽃구경을 한 것이라고 생각했기 때문일까.

지난봄, 벚꽃이 한창 필 무렵 엄마 생신을 맞아 친정집을 방문했다. 향긋한 바람이 어디든 나가라고 재촉했다. 유명한 곳은 사람 구경만 하다 돌아올 것 같아, 동네 뒷산 드라이브에 나섰다. 구불구불하게 이어진 도로에 오래된 벚나무가 줄지어 서 있었다. 방학 때 외갓집을 다니러 갈 때도, 동굴 탐험을 한다며 산을 헤집고 다닐 때도 여러 번 다닌 길이었는데, 이렇게 벚나무가 울창했었나? 성인이 되고 관광지만 찾아다니다 오랜만에 들른 뒷산은 세월이 빚어낸 아름다움으로 가득했다. 커브를 돌 때마다 울창하게 팔을 벌린 벚나무가, 다른 색의 옷을 입은 벚나무가 우리를 반겼다. 화려한 벚꽃길이 바로 동네 뒷산에 있었다니. 가다 서다를 반복하며 봄꽃의 아름다움에 흠뻑 빠졌다. 뒤늦게 발견한 아름다움 몇 년 치가 한꺼번에 밀려오는 듯했다.

벚꽃에 홀려 지낸 지 얼마 지나지 않아 흐릿한 사진 한 장을 가지고 토론을 벌였다. 초점이 나간 검정 배경에 명도가 다른 둥근 빛들이 얼기설기 얽혀 있다. 이를 두고 창문에 맺힌 빗물이다, 도시의 야경이다, 윤슬이다 등 저마다의 추측을 내어놓는다. 몇 년 전부터 운영하고 있는 밴드에는 캘리그라피 정보뿐만 아니라 글씨와 합성할 만한 사진을 종종 올린다. 직접 찍은 사진을 올리곤 하는데, 계절에 맞는 꽃 사진이나 노을, 바다, 하늘 사진이 주를 이룬다. 그런데 지금껏 올린 사진들은 피사체가 분명했는데, 이번 사진은 무엇을 찍었는지 불분명해서 더 많은 사람의 관심을 끌고 있다.

며칠 전, 사진 폴더를 정리하다 우연히 발견했다. 다운로드를 한 것도 아니고, 캡처를 한 것도 아니다. 내가 찍지도 않은 사진인데 직접 찍은 사진 폴더에 떡하니 들어 있다. 휴대전화를 잃어버린 적도 없는데 어쩌다 이 사진이 들어 있는지 궁금하면서도 캘리그라피와 합성하기 딱 좋은 사진이라 마냥 좋았다.

사진의 출처는 우리 집 어린이였다. 예쁘거나 멋진 풍경을 보면 우리 집 어린이와 나는 경쟁을 하듯 사진을 찍어대곤 했다. 얼마 전 외식 자리에서 휴대전화를 빌려준 적이 있는데, 그때 찍었다고 했다. 그런데 장소와 상황을 알고 보아도 모르겠다. 그곳은 분명 평범한 고깃집이라 이런 풍경이 나올 만한 곳이 아니었다. 비가 오는 날도 아니었고, 예쁜 조명이 있는 곳도 아니었다. 빨간색 의자에 가득 찬 손님들로 대화조차 주고받기 어려운 곳이었다.

사진의 피사체는 고깃집에 가면 누구에게나 주어지는 것이며, 어쩔 수 없이 생기는 것이다. 한 사람당 하나씩 주어지는 앞접시. 검은색 앞접시에 담긴 고깃기름을 클로즈업해서 찍은 것이라고 했다. 누구보다 열심히 먹은 흔적이었다. 고깃기름을 찍었을 뿐인데, 야경과 윤슬이 거론됐다. 뭐 눈에는 뭐만 보인다더니 우리 모두 감성적인 풍경만 생각했다. 설거지를 앞둔 접시에서 이런 아름다움을 찾아내다니!

아름다움은 찾으려고만 한다면 언제 어디서든 찾을 수 있다. 맑은 날의 하늘에서도, 음식 접시에서도, 마주 앉은 이의 눈동자에서도. 무심코 흘려보낸 아름다움이 여기저기 꼭꼭 숨어 있다. 미처 알아보지 못해 놓치기 전에, 매일매일 찾아오는 풍경과 일상을 좀 더 반갑게 맞이해야겠다. 자세히 살펴보며 아름다움을 찾아내는 여유도 가져야지. 그럼 내 하루는 누구보다 더 즐겁게 흐를 테니.

매일 찾아오는 풍경과 일상을
좀더 반갑게 맞이해야겠다
그리고 내 하루는
누구보다 더
즐겁게 흐를테니

가려 먹기

도서관에서 진행된 에세이 쓰기 교육 첫날. 자기소개의 시간을 가졌다. 강사는 자신이 가장 좋아하는 음식을 이름 앞에 붙여 소개해 주면 외우기가 쉽다고 했다. 밀크티, 꿀떡, 봉골레 파스타, 사과 등 평소에 본인이 좋아하는 음식을 하나씩 골라 소개를 시작했다.

어디서나 쉽게 먹을 수 있는 떡볶이는 나의 소울푸드이다. 가볍게 먹을 수 있고, 맛있기까지 하니 언제나 찾게 되는 음식이라 일주일에 한두 번은 꼭 먹게 된다. 하지만 가장 좋아하는 음식은 아니다. 삼겹살, 수육, 보쌈, 제육볶음 그리고 말하면 입 아픈 소고기까지. 바로 육식이 나의 사랑이다. 메뉴 하나를 고르기 어려워 나는 육식파라 소개했다.

이처럼 살찌는 음식을 좋아하는 나로서는 다이어트는 도전하기조차 힘든 영역이다. 다이어트에 도전해 본 적이 있다. 혼자의 힘으로는 어려울 것 같아 양약과 한약의 힘을 빌려봤다. 조금의 효과가 있었지만, 부작용이 만만치 않았다. 손 떨림 때문에 일에 집중하기 어려웠고, 반갑지 않은 요요는 너무 쉽게 찾아왔다. 두 번의 실패 후, 스트레스받으며 먹는 것을 조절하다 요요를 맞이하느니 맛있는 음식 실컷 먹으며 사는 행복한 돼지가 되겠노라고 선언했다.

다이어트를 시도하지 않았음에도 불구하고 살이 쭉쭉 빠졌던 날도 있었다. 바로 우리 집 어린이를 가졌을 때다. 음식은 물론이고 물이라도 삼키면 그대로 구토를 해대는 날이 6개월간 이어졌다. 마무리 지어야 하는 강의도 몇 회 더 남아 있어 기운을 차리고자 수액을 맞았다. 숯불고기 냄새를 술술 풍기며 남편이 병원으로 마중 나왔다. 회식을 마치고 오는 길이었다. 자칭 육식 파이지만, 이때만큼은 육식이 당기지 않았다. 냄새가 역겨워서 한 걸음 정도 거리를 두고 걸었다.

아무것도 먹지 못한 채 잠들 수는 없다. 억울하다 억울해(이건 순전히 뱃속 아이를 위한 생각이다). 다시 게워 내더라도 뭐라도 먹어야 할 것 같아 아파트 앞 슈퍼에 들렀다. 인스턴트 죽과 천하장사 소시지 하나를 고르고 남편에게 물었다.

"자기는 뭐 먹고 싶은 거 없어?"
"응, 난 없어."

전후 사정을 모르던 슈퍼 아주머니가 한마디 거들었다.

"입이 짧으니 이렇게 말랐지."

그렇다. 몇 달간 제대로 먹지도 못하는 상황임에도 남편과 함께 나가면 나 혼자 맛있는 거 다 먹는 줄 안다. 이런 오해가 한두 번이 아니라 더욱 억울하다. 이왕 오해받는 거 제대로 먹어나 보고 오해받아야지,라며 빨리 입덧이 끝나기만을 빌었다. 누구보다 행복한 돼지가 되어야 하니까.

몇 년 전, 스카우트 제의를 받은 적이 있다. 시민기자로 몇 년 활동해 본 적 있던 신문사였다. 기관에서 발행하는 소식지를 총괄해서 맡아보라고 했다. 소식지는 두 달에 한 번 발행되고, 전임자의 경우 일주일 정도의 시간을 투자해 소식지를 만들었다고 했다. 상상치도 못한 제의였지만, 다른 직종에 비해 시간이 자유로운 나로서는 구미가 당기는 일이다. 하지만 너무나 갑작스러운 제안이었다. 바로 결정을 내리지 못하고 고민해 보겠다고 했다.

결혼으로 인해 새로운 곳에 정착한 지 13년 차. '아는 사람 하나 없는 곳에 와서 내 능력을 인정받았다'며 남편에게 자랑을 늘어놓았다. 하지만 뿌듯함도 잠시, 갑작스러운 제안은 쉽게 잠을 청할 수 없을 정도로 스트레스로 다가왔다. 우선, 시민기자가 아니라 전업 기자로서의 내 글에 대한 평가가 걱정이었다. 또, 겸업을 하다 보면 지금 하고 있는 일을 우선시할 수 없음이 우려되었다. 정신적 스트레스가 걱정이었고, 신체적인 에너지가 부족했다. 일을 시작한 것도 아니고, 단지 제안만 받은 것인데 며칠 동안 잠도 못 잘 정도로 힘들어하는 거면 해서는 안 되는 일이다. 결국 거절 의사를 전달했다.

일에 대한 열정이 넘치는 친구가 있다. 방송작가로 일하고 있는 그녀는 "유선으로 일해도 되면 나한테 넘겨주면 안 되나? 너는 그 좋은 일을 마다하니"라며 혀끝을 차기도 했다.

이번 일을 계기로 당진에 오면서 처음 마음먹었던 다짐을 상기시켜 보았다.

'스트레스 안 받고 재미있게 할 수 있는 일을 해야지.'

마음을 다잡은 지 얼마 지나지 않아 두 번째 제의가 왔다. 캘리그라피 강사 활동을 계속해서 할 수 있게 인정해 줄 테니, 인턴기자로 함께 해보자고 했다. 사전에 고민이 한차례 있었던 터라 단칼에 거절 의사를 밝혔다.

지레 겁먹지 않고 새로운 일을 시작했더라면 지금은 어떤 생활을 하고 있을까, 하고 가끔 상상해 보곤 한다. 하지만 후회는 없다. 제의를 받아들였더라면 현재 이 글을 쓰고 있지 않을 테니.

행복한 돼지로 살기로 한 만큼 딱히 먹는 것을 가리진 않는다. 하지만 무엇을 시작하기 전에는 필히 가려 먹어야 한다. 마음은 굳게 먹고 섣부른 겁은 먹지 않기. 전업 기자의 일은 내 결정에 따라 포기했지만, 덕분에 에세이에 도전할 수 있는 시간을 얻었다.

에세이 쓰기를 다짐한 후로 '나는 할 수 있다'는 마음은 굳게 먹고, 쫄보의 마음은 저만치 던져두었다. 글을 쓰다 아무리 힘들고 배고파도 섣부르게 겁은 꺼내 먹지 않을 테다.

마음은 굳게 먹고 섣부른 겁은 먹지 않기

문장 수집가

무언가를 수집하는 취미를 가진 사람들이 꽤 있다. 남편은 초창기 디지털카메라나 휴대폰을 모으고 있다. 중고 거래 앱에 올라온 목록들을 보며 직접 구매자를 만나 거래를 하기도 하고, 택배로 받기도 한다. 특별히 카메라나 휴대폰에 전문지식이 있어서는 아니다. 본인의 능력으로 처음 구매했던 카메라와 같은 기종의 카메라를 보고 있으면, 그 시절이 떠오른다고 했다. 젊음이 느껴진단다. 모토로라 폴더폰을 열어 보이며 우리 집 어린이에게 '라떼는 말이야'를 시전 하기도 한다.

전 여사는 모든 것을 아껴 쓰는 편이다. 나물을 다듬을 때 깨진 쟁반을 쓰고 있길래 "엄마, 멀쩡한 쟁반도 많은데, 이건 좀 버려"라고 하면 "멀쩡한 걸 와 버리노"라며 버럭 화를 내곤 했다. 하루는 집으로 돌아오기 전, 엄마 눈을 피해 몰래 쓰레기통에 버리고 왔다. 몇 달 뒤 다시 가 본 친정집, 구석구석 손때가 묻고 반쯤은 금이 간 황토색 쟁반은 또다시 엄마와 함께였다. 쓰레기통에 버려봤자 결국 엄마 소유물의 쓰레기통에 버리는 어처구니없는 실수를 저지르고 말았다.

몇 년 전 레트로 열풍이 불었을 때, 30~40년 전에 쓰던 옛날 소품이 비싸게 거래되었다. 방송이나 SNS에서 너도나도 레트로를 외

처댔다. 유행에 민감한 편은 아니지만, 갑자기 친정집이 떠올랐다. 전 여사의 손때 묻은 물건들이 어딘가 한가득 쌓여 있을 것이기 때문이다.

친정집 창고는 경운기나 트랙터가 들어가고 나가기 편하게 문 없이 지붕만 올려 사용하고 있다. 최근 몇 년간은 움직여 본 적이 없는 경운기가 입구를 지키고 있다. 20여 년 전, 집 고칠 때 내어놓은 찬장이 예전 그 자리 그대로 있었다. 뽀얗게 내려앉은 먼지와 한쪽으로 기울어진 채 방치된 모습이 세월을 가늠케 했다. 몇 번의 도전 끝에 겨우 열게 된 찬장 안에는 갖가지 식기류들로 가득 채워져 있었다.

색색의 플라스틱 포크, 음료 회사에서 사은품으로 증정된 컵, 모양이 제각각인 접시 등 작은 찬장 안에는 둘러볼 것들로 가득 차 있었다. 여러 물건 중에서 가장 멀쩡하게 생긴 소주잔 3개를 골라 집으로 가져왔다. 그중 하나가 '금복주 완전 자동 기계화 기념' 소주잔이다. 깨끗이 닦아 두고는 검색에 돌입했다. 내가 태어나기도 전인 1975년에 만들어진 것으로 추측되는 소주잔은 2만 원에 거래되고 있었다. 예상보다 비싼 가격에 팔아볼까,라는 생각이 잠시 들기도 했다. 평소에는 쓸 일이 없겠지만 술손님 올 때 내어놓자고 결론 내렸다. 오래된 소주잔으로 이야깃거리가 하나 더 늘어날 것임을 기대하며.

글씨를 쓰다 보면 많은 문장과 마주한다. 책 속 문장을 찾기도 하고, 요즘 유행하는 감성 글귀를 찾아 헤매기도 한다. 그래서 난 캘리그래퍼를 '문장 수집가'라고 말한다. 따뜻한 봄날에는 화사하게 피어나는 꽃처럼 시작을 알리는 글귀를 찾는다. 활동이 많은 여름에는 생기 넘치는 문장을 담은 글씨를 선보인다.

강의를 할 때면 수강생들에게 원하는 글귀를 하나씩 적어 주곤 한다. 집에 가서 따로 연습하라고 써 주는 체본인 것이다. 별도의 교재가 있고 샘플을 만들어 가기도 하지만, 내가 수집한 문장이 그들에게 가닿지 않을 수도 있을 것이라는 걱정이 앞서서이다.

본인이 수집한 문장을 받아 가는 것에 대한 만족도는 아주 높은 편이다. 대학생 M 씨는 수업에 올 때마다 출석 체크를 해야 한다며 체본집을 꺼낸다. 미리 수집한 문장과 함께 말이다. N 씨는 강의를 듣는다기보다 체본 한 장을 받기 위해 수업에 나온다고 말하기도 했다. 그녀는 세 학기의 강좌를 연속해서 들으며 한 권의 체본집을 완성했다. 자기 전에 읽으면 심신이 안정된다고 말했다.

수강생들이 수집한 문장을 수업에 이용하기도 한다. 가장 큰 반응을 얻은 문장은 '그렇구나'이다. 딱 네 글자뿐인데도 이 한마디면 이해하기 어려웠던 모든 상황이 정리되는 것 같다. 이보다 더 따뜻한 공감의 말이 있을까.

캘리그라피 작품에서는 멋들어지게 쓴 글씨도 중요하지만, 많은 이들의 발길을 사로잡기에는 잘 수집한 문장이 더 효과적일 때가 있다. 따뜻한 한 줄의 문장은 생이라는 힘든 길을 걷고 있는 방랑자의 마음을 위로한다. 문장 하나로 눈물을 닦아 주기도 하고, 힘을 불어넣기도 한다. 이번엔 어떤 문장으로 처진 어깨를 토닥여 볼까. 나는 오늘도 온라인 속을 떠도는 문장을 채집하고, 도서관 대출 기록을 채워가고 있다.

그랬구나

편지 한 장

넓은 관계에 연연했던 적이 있었다. 어느 지역을 가든 만날 수 있는 친구가 있는 이들이 부러웠다. 수시로 울리는 전화벨이 인맥의 척도라 생각하기도 했다.

대학교를 졸업하고 일 때문에 다시 고향으로 돌아왔을 때, 나는 또 어울려 다닐 친구를 찾고 있었다. 나름 친하게 지냈던 친구 하나가 고향을 지키고 있었는데, 초, 중, 고등학교 무려 12년간 학교를 함께 다닌 친구였다. 그녀는 활발한 성격 덕에 졸업 후에도 고향이나 그 인근에 살고 있는 친구 몇몇이 잘 어울려 지낸다고 했다. 시골 학교 특성상 전교생의 얼굴과 이름을 외우는 건 어렵지 않다. 학교생활 중 쭉 얕고 넓은 관계를 유지해 왔던 나로서는 그들 무리에 끼어 노는 게 어렵지 않았다.

스물다섯의 어린 나이, 무리 중 한 명이 결혼했다. 개인적인 친분은 없었지만, 분위기에 이끌려 결혼식과 함께 피로연까지 함께 하게 됐다. 낯선 피로연 분위기에 빨리 벗어나고픈 마음이 간절했다. 결혼 후 그 친구는 모임에 단 한 번도 나온 적이 없다. 어정쩡한 사이인데 피로연까지 가서 들러리가 되었다는 생각이 떠나질 않았다.

밥벌이를 시작하고 몇 년 지나지 않아 아픈 곳이 많아졌다. 늘 소화불량과 두통에 시달렸고, 가방에는 상비약이 항상 자리 잡고 있었다. 하루를 마무리하고 잠자리에 누우면, 땅 아래에서 누가 팔다리를 잡아당기는 듯했다. 현실에서의 몸은 손가락 하나도 내 맘대로 움직일 수도 없는데, 우주를 둥둥 떠다니는 기분이었다. 밥벌이가 이렇게 힘든 것인데 부모님은 연골이 닳아 없어질 때까지 농사를 지었다. 그렇게 육남매를 키우셨음에 감사의 마음을 전하고픈 밤이었다.

겉으로 드러나는 질병은 없는데 몸은 항상 천근만근 무거웠다. 내과, 정형외과, 신경외과 등에서 여러 검사를 받아 봤지만 '정상'이었다. '나는 진짜 아픈데, 정상이라니.'

억울함을 삭이다 접하게 된 신문 기사 하나. 류머티즘 내과에서는 진단이 가능하다고 했다. 결국 '섬유 근육통'이라는 진단을 받았다. 섬유 근육통은 만성적으로 전신의 근골격계 통증, 뻣뻣함, 감각 이상, 수면 장애, 피로감을 일으키고, 신체 곳곳에 압통점(누르면 아픈 부분)이 나타나는 통증 증후군이다. 겉으로는 드러나는 게 없어서 가족도 의심하게 만드는 꾀병과도 같은 병이다.

여동생은 장난치기 좋아하는 밝은 아이이다. 근데 그 장난이 몸싸움과 같다. 팔이나 옆구리를 툭툭 치기도 하고, 마사지를 해 준다며 어깨를 주무른다. 공짜로 해 준다고 해도 안 받는 마사지를 해 준다니. 기겁하고 피한다. 그러면 동생은 "이게 왜 아픈데"라며 더 나댄다.

하루는 몸에 기운이 다 빠져 엎드려 있었다. 동생이 시원하게 허리를 밟아준다며 접근했다. 싫다고 말해도 동생한테 힘으로는 이길 수 없다. 결국 밟힘을 당했다. 아프기도 하고, 내 의견을 무시한 게 억울해서 나도 모르게 울음이 터졌다. 다 큰 어른이 허리 마사지가 아프다고 눈물을 흘리고 말했다. 그 후로 동생은 사랑 가득한 장난을 접었다.

섬유 근육통의 증상은 친구들을 만날 때도 어김없이 나타났다. 분명 집에서 나설 때는 멀쩡했는데, 친구들을 만나면 두통이 찾아왔다. 두통이 날 때면 어김없이 구토도 동반됐다. 주중에 쌓인 피로가 한꺼번에 나타난 건지, 친구들을 만나는 게 스트레스였는지는 알수 없다. 하지만 아무리 몸이 안 좋아도 친구들과의 모임 약속은 어기지 않았다. 근데 그게 독으로 다가왔다.

어느 날, 무리 중 또 한 명의 친구가 결혼 날짜를 잡았다고 했다. '그래, 친하진 않지만, 동창이니까 결혼식은 가야겠지'라고 생각했다. 근데, 결혼 전 남편 될 사람을 소개해 준단다. '남자친구까지 소개받아서 뭐해'라는 생각에 나가지 않겠다고 전했다. 연락은 주로 그녀를 통해서 이루어졌다. 그녀에게서 전화가 왔다. 이날도 컨디션이 좋지 않아 누워 있던 날이었다.

"왜 안 나온다는 거야?"

"걔랑 별로 친하지도 않은데, 남자친구까지 소개받는 건 아닌 것 같아서."

"우리 다 친구잖아, 그냥 나가면 되지 뭐가 문제야?"

"오늘 컨디션이 안 좋아서 그러는데 다음에 얘기하면 안 될까?"

"친구들 만나는 게 싫은 거야? 넌 우리 만날 때마다 지금처럼 아프다고 하더라."

반박할 틈도 없이 통화는 이어졌고, 결국 나가지 않겠다는 의사만 전달하고 전화를 끊었다. 서로의 이야기를 귀담아들어 주지 않고 자기 할 얘기만 했다. 상대방에 대한 공감은 전혀 없었다. 말로는 내 생각을 제대로 전달할 수 없는 흐름이었다. 이대로 뒀다간 더 큰 오해만 살 것 같아 편지를 쓰기로 했다. 남자친구 소개 자리에 나가지 않는 이유와 매번 아팠던 배경에 대해 설명했다. 결론을 어떻게 냈는지는 기억이 나지 않는다. 편지를 전달한 이후로 일곱 명의 친구 중 연락이 온 친구는 단 한 명도 없었다. 너무 단호하게 썼나 보다. 그들이 생각한 나의 존재 가치는 데리고 다니기에 부끄럽지 않고 이용하기 좋은 친구일 뿐이었다.

초. 중. 고 동창을 한꺼번에 잃은 이 글은 내가 써 봤던 편지 중 가장 고민하고 정성 들여 썼던 편지가 아니었을까. 연애편지보다 더 말이다. 요점만 정리된 한 페이지. 편지 한 장으로 친구를 잃었다. 아니 버렸다. 깔끔하게 인간관계를 정리해 버렸다.

보통 글은 말보다 소통의 힘이 부족하기에 오해를 낳기도 한다. 직접 대면해서 오감을 동원한 대화를 했다면 아직 친구 관계를 유지하고 있을지도 모른다. 하지만 한번 뱉으면 수정이 불가능한 말보다 여러 번을 고쳐 요점이 잘 정리된 글은 말보다 의사 전달이 더 잘 될 때가 있다. 효과적인 절교의 수단이 되었다. 마음속으론 이미 절교를 생각하고 글을 썼을지도 모른다. 필력이 하필이면 이럴 때 발휘되다니. 참으로 애통하다. 아니, 시원하다.

모두 빛나는 인생

"전 딸 부잣집 넷째 딸이에요. 부모님은 돌림자를 이용해 이름을
지으셨어요. 큰언니는 일례, 둘째는 이례. 셋째는 삼례예요. 넷째로
태어난 제 이름은 과연 무엇일까요?"

이름과 관련된 라디오 사연을 들으며, 갑자기 나온 퀴즈에 딸 부
잣집 넷째 딸의 이름을 '사례'라 유추해 본다. 그런데 이렇게 평범한
사연이 선정되어 방송에 나올 리는 없다. 방송은 재미있거나 감동이
있거나 일반적이지 않아야 한다. 역시나 예상치 못한 이름이 흘러나
왔다.

"삼례 뒤에 딸이 또 나와서 제 이름은 '또삼례'가 되었어요."

아는 분 중에 운세를 바꿔야 한다며 10년마다 개명을 하는 이가
있다. 요즘은 그만큼 개명이 쉽다는 얘기다. 또삼례 씨는 개명을 했
을까. 궁금해지는 날이다.

나 역시 딸 부잣집 넷째 딸이다. 다행히 내 이름 앞에는 '또' 자가
붙지는 않았다. 바로 위 언니와는 다섯 살 차이가 난다. 줄줄이 딸
셋을 낳다 보니 자녀계획을 포기했다가 다시 시도한 결과가 바로 나

다. 아들을 간절히 원했을 때 태어난 종갓집 넷째 딸. 다행히 개명을 하지 않아도 된다. 하지만 요즘은 잘 쓰지 않는 '옥' 자가 이름에 들어가 있어 촌스럽다고 느낄 때가 종종 있다. '옥'이라는 글자 때문에 학창 시절 별명은 '옥 반장', '옥 이모'였다. 촌스럽긴 하지만 부모님의 고민과 사랑이 담긴 이름임을 알기에 작업실 상호로 쓸 만큼 아낀다.

남아선호 사상이 만연하던 시대, 원치 않는 딸이 태어나면 이름을 막 짓기도 했다. 중학교 1학년 같은 반 친구의 이름은 '쌍년'이었다. 입학 첫날 듣게 된 친구의 이름에 '설마, 진짜야?'를 연발하며 출석부를 들쳐 봤다. 오타가 난 게 아닐까, 하는 의문을 떨쳐 버릴 수 없었지만, 같은 초등학교를 졸업한 아이들의 말에 의하면 진짜였다. 워낙 조용한 성격 탓에 그 친구의 이름을 부르는 일이 많지는 않았지만, 우리는 상연이라고 이름을 바꾸어서 불렀다.

캘리그라피 수업 중, 어느 정도 단어 쓰기를 익히고 난 다음에는 각자의 이름을 디자인해 보는 시간을 갖는다. 본인의 이름을 쓰는 것이니 어느 때보다 집중해서 임한다. 이름을 디자인할 때 본인의 이름에 대해 백 퍼센트 만족하는 이는 드물다. 촌스럽다고 투덜대기도 하고, 본인이 좋아하는 글꼴을 쓸 수 있게 개명해야겠다며 공수표를 날리기도 한다. 이름에 획이 많으면 다양한 표현이 가능하다. 현실에선 은행을 친구 삼아 살지만, 이름에 획이 많아 획부자가 됐다며 좋아하는 이들도 있다. 생활에 실질적인 도움이 되지는 않지만, 뭐라도 부자면 좋지 않은가.

캘리그라피 행사를 나갈 때도 가장 인기 있는 건, 이름을 예쁘게 써 줄 때다. 평생 함께하는 이름이, 한 사람을 대표할 수 있는 가장 큰 수단이니 정성을 들여 쓰곤 한다. 만족스러운 표정으로 이름을 받아 가는 모습을 보고 있노라면, 내 이름을 쓰는 건 아니지만 슈퍼스타가 되어서 꼭 사인회를 하는 기분이다.

이름은 나를 상징하는 하나의 수단일 뿐 나의 전부는 아니다. 꼭 마음에 드는 이름을 갖는다면 더할 나위 없이 좋겠지만, 시대에 따라 선호하는 이름이 수시로 바뀌니 그때마다 개명할 수는 없는 노릇이다. 이름이 좋다고 해서 꼭 성공한 인생을 사는 것도 아니니 말이다.

우리는 이름과 상관없이 모두 각자의 일상 속에서 쓰일 곳에 잘 쓰이고 있는 소중한 존재이다. 해옥이는 적당한 열정과 큰 만족감으로 히죽히죽 살아간다. 은회는 새로운 곳을 여행하며 삶의 에너지를 얻는다. 혜현이는 새로운 배움을 두려워하지 않고 베풀며 살아간다. 원희, 지혜, 미희, 윤희, 현주, 문정, 현정, 숙현, 진영, 규동이도 마찬가지다. 폭죽처럼 크고 밝게 터지지 않을 뿐 각자의 일상 속에서 충분히 빛나고 있다.

이름이 좀 촌스러우면 어떠랴. 내가 만족한 인생이면 그만이다. 잔잔한 물결 속에서도 윤슬이 빛나듯 보통의 사람도 모두 빛나는 인생인 것을.

덧, 모두가 예쁜 이름을 갖고 있는 소중한 존재이지만, 중학교 친구 쌍년이에게는 차마 원래 이름을 불러주지 못했음에 안타까운 마음을 표한다.

진난한 물결 속에서도
윤슬이 빛나듯
보통의 사람도
모두 빛나는
인생인
것을

애쓰는 마음

세상에는 다양한 부류의 사람들이 있다. 여러 사람 중 이번 강좌에서는 또 어떤 사람들을 만나고 어떤 재미난 이야기를 듣게 될까. 한 학기 끝날 때까지 말 한마디 없이 수업에만 열중하다 가는 사람도 있고, 짝꿍과 속닥속닥 재미난 이야기를 풀고 가는 사람도 있다. 다른 사람들의 실력은 어떤지 시찰 다니는 사람, 요즘 짓고 있는 농사에 대해 이야기하는 사람, 단어 몇 마디 쓰고 자아도취에 빠지는 사람 등 다양한 부류의 사람들이 존재한다. 강좌를 통해 만났지만 끝날 때는 서로 친구가 되어 마무리되기도 한다. 여러 부류의 사람 중 이런 사람은 꼭 있다.

"선생님, 전 캘리에 재능이 없나 봐요."

본인의 재능을 탓하면서도 빠지지 않고 출석하는 수강생의 푸념에 어떻게 답해야 할지 고민한다. "처음부터 잘하면 저는 뭐 먹고 사나요. 우리 계속 만나야죠"라고 달래곤 한다. 나름 고민해서 내어놓은 대답이지만 그분께 가닿지는 않는 모양이다. 나 역시 같은 고민을 하면서 아직 답을 얻지 못했기에.

누구나 재능에 대해 고민한다. 고등학생 때, 백일장에서 뛰어난 글쓰기 재능을 선보여 나의 부러움을 한몸에 받았던 선배는 현재 사진을 찍고 있다. 그 선배는 글쓰기보다 사진에 더 재능이 있었는지도 모른다. 어떻게 저러지,라는 의문이 항상 생길 정도로 워낙 다양한 분야에 뛰어난 선배였으니까.

애매한 재능으로 밥벌이를 하다 결국에는 부캐로 근근이 글쓰기를 이어온 나는 에세이 쓰기에 도전하고 있다. 다른 작가들의 작품을 보며, 공감 가는 문장을 어디서 이렇게 쏙쏙 뽑아내는 것인지, 마지막 장을 덮으며 제발 비법 좀 알려 주세요,라고 물을 뻔한 글들이 더러 있었다. 아마 그 작가들도 선보이지 않은 습작들이 수도 없이 많을 것이다. 작품을 내기 위해 들인 그간의 시간과 노력은 책에 들어 있지 않을 테니 타고난 재능이라 쉽게 말할지도 모른다. 고등학교 선배가 글을 잘 썼던 이유도 어릴 적 수천 권의 책을 읽고, 쓰기에 도전했던 시간이 있었기 때문이라.

지금도 그렇지만 캘리그라피를 시작했을 때, 나의 재능에 대해 더욱 많이 고민하던 시절이 있었다.

2012년 가을이었다. 노랗게 물든 예당평야를 달린다. 평소 같으면 창문을 열어 바람과 풍경을 느끼며 달렸을 길이지만 인사는 어떻게 할지, 예상치 못한 질문에는 어떻게 말해야 할지 고민하느라 머릿속에 말풍선만 가득 채운 채 앞만 보고 달린다.

이날은 예산으로 캘리그라피 강의를 가던 첫날이다. 요즘 같으면 첫 수업이라고 해서 긴장하는 일은 드물겠지만, 누구에게나 처음은 그러하듯 열심히 준비한 것을 제대로 발휘하지 못할 때가 많다. 근데 캘리그라피 자격증을 취득하고 처음 하는 단체 수업의 수강생들이 하필이면 미술학원 선생님들이다. 비전공자가 미술의 한 부류에 속하는 캘리그라피를 배워서 미술 전공자에게 강의를 하다니. 내 실력이 금방 들통날 것 같아 조마조마한 마음으로 수업을 이어갔다.

12회 차의 강의가 끝난 후 그분들은 나에 대한 평가를 어찌했으려나. 호기롭게 강의를 시작했지만, 자신감은 금세 바닥을 기어다녔다. 달리고 싶어 하는 수강생들인데, 난 걸음마도 못 뗀 상태로 강의를 진행한 무능한 강사라는 생각에 휩싸이다 결국에는 난 재능이 없구나,라는 결론에 이르렀다.

적성에 맞는 일을 찾았는데 재능이 없으니, 포기를 해야 하는 것이 맞는 것인가. 재능은 없지만 재미있게 할 수 있는 일이니, 계속해야 할 것인가. 취업을 앞둔 20대 때의 나였다면 현실에 맞는 직업을 찾아 금세 포기하고 말았을 것이다.

예산에서의 강의를 끝으로 더 이상 강의를 이어갈 수 없었다. 출산을 몇 달 남겨 두지 않은 만삭의 상태였기 때문이다. 여성에게 출산은 경력 공백이 생길 수밖에 없는 시기이다. 하지만 이때의 나에게는 더 없는 기회였다. 새로운 출발을 위해 다시 준비할 수 있는 시간이었다. 마지막이 될지도 모르는 2주간 주어진 나만의 시간. 바로 조리원에서의 생활은 오로지 나에게 집중할 수 있는 시간이었기에 기초부터 다시 다지고자 캘리그라피 재료를 챙겨 입소했다. 유능한 작가들의 도서를 구입해 천천히 읽어가며 교수법을 익히고, 서체를 다시 잡았다.

물론 2주 만에 모든 것을 완성 시키는 건 당연히 어려웠지만, 바닥을 기던 자신감이 점차 일어서기 시작했다. 조리원 퇴소 후 아이를 돌보느라 정신없는 나날이 이어졌지만, 능력을 조금 더 채워갈 수 있는 시간이었다.

일어선 자신감과 좀 더 키운 능력으로 이후의 강의는 좀 더 수월하게 진행할 수 있었다. 하지만 다른 작가들을 보면서 난 재능이 없구나,라고 생각하는 마음은 아직도 불쑥불쑥 고개를 든다. 몇 년 전에는 아이패드로 작업하는 디지털 캘리그라피라는 분야가 유행을 타듯 번졌다. 나도 뒤처지지 않기 위해 아이패드를 장만했다. 하지만 패드로 어플 하나 구입하는 것도 왜 이렇게 어려운 건지. 생전 보지도 않던 유튜브를 선생님 삼아 기능을 하나하나 익혀야만 했다.

미술과 디자인, 서예를 전공한 이들이 두각을 드러내는 캘리그라피 영역에서 내가 비집고 들어갈 자리는 아주 협소하다. 그래도 계속하고자 하는 마음만 있다면 조금씩 나아지지 않을까 하는 믿음으로 오늘도 애쓰고 있다.

글씨도 잘 쓰고 싶고, 글도 잘 쓰고 싶어 하루하루 애쓰는 마음이 쌓이던 4월의 어느 주말, 백수린 작가의 북토크에 참여하게 됐다. 그때 수집한 짧은 문장은 재능을 핑계 삼아 도망치는 이들에게 희망을 주기에 충분했다.

"쓰고 싶은 마음이 재능이다."

쓰고 싶은 마음으로 애쓴 그간의 시간이 헛되지 않기를, 그 마음 하나로 꾸준히 이어갈 일들이 많아지기를, 결국에는 재능으로 나타나기를, 글을 쓰고 글씨를 쓰기 위해 애쓰는 모두에게 가닿기를.

쓰고 싶은 마음으로 애쓴
그간의 시간들이
헛되지 않기를

올 사람은 알아서 온다

웬만하면 집으로는 손님을 초대하지 않고 살아왔다. 현관 입구 쪽 방은 갖가지 재료가 한가득 쌓여 있고, 작은방에는 컴퓨터가 놓인 책상과 물감이 여기저기 묻은 책상이 ㄱ자 형태로 자리 잡고 있다. 가끔은 거실까지 끌고 나와 작업을 이어갈 때도 있었으니, 보통의 집 형태와는 달랐기 때문이다.

결혼 후 방 세 개 중 두 개를 나의 작업 공간으로 사용해 왔다. 어차피 아이도 어렸으니, 아이를 데리고 집에서 일을 하는 게 더 효과적이긴 했다. 아이가 커가면서 잠자리 독립을 고려할 때, 이사를 하게 됐다. 아이의 방도 마련해야 하고, 새로 정착하는 곳에서는 온전히 쉴 수 있는 집이 되기를 원했다. 그래서 고민하던 끝에 작업실을 마련하기로 했다.

근데 하필이면 그때가 코비드19가 시작되던 2020년이었다. 남편은 코비드19라도 끝나면 알아보는 게 어떻겠냐며 작업실 오픈을 미룰 것을 권유했다. 난 일이 없을 때 공간을 알아보고 준비하는 게 오히려 좋다며 의견을 굽히지 않았다. 솔직히 코비드19가 사스나 메르스 때처럼 금방 끝날 것이라고 생각했다. 2년이 넘는 시간 동안 코비드19에 얽매여 생활하게 될지는 상상도 못 했다.

내가 한 달에 부담할 수 있는 월세의 금액을 정하고 조금이나마 주차가 편한 자리를 알아봤다. 역시 유동 인구가 많은 아파트 단지 앞이나 많은 상가가 형성되어 있는 곳은 어마어마한 월세에 알아볼 엄두조차 내지 못했다. 결국 도심에서 조금 떨어진 곳에 자리를 잡았다. 별도의 인테리어 없이 집에 쌓아두었던 재료들을 옮기고, 시트지로 간판을 대신했다. 강사 활동 10여 년 만에 나만의 작업공간이자 수강생들을 받을 수 있는 작은 공방을 마련했다. 작업실 오픈 후에도 남편은 걱정이 많았다.

"버스도 잘 안 다니는 곳인데 찾아오는 사람이 있을까?"

"집 바로 앞에 있어도 관심 없는 사람은 안 와. 아파트 근처에 요리학원이 있어도 내가 가는 거 봤어? 내가 서울까지 가서 캘리그라피 배워 온 것처럼 관심이 있으면 어떻게든 찾아오니까 걱정하지 마."

자신만만하게 말은 했지만, 그놈의 코비드19는 많은 이들의 발을 묶어 버렸다. 아이들의 등교는 잠정 중단되었고, 강의로 수익을 창출하던 나 또한 기약 없이 쉬어야만 했다. 숨만 쉬어도 월세와 공과금은 꼬박꼬박 빠져나갔다. 국가에서 주는 소상공인 지원금이 없었다면, 쓰지도 않는 공간의 월세를 내느라 속을 박박 긁어댔을지도 모른다.

코비드19가 끝난 지금도 많은 사람이 찾는 공간은 아니다. 하지만 수강생이 없다고 전전긍긍하지 않는다. 나만의 작업 공간이라고 생각하면 마음이 더 편하다. 꼭 필요로 하는 사람들이 찾아와 즐거움을 안고 가는 곳이면 된다.

가뭄으로 여기저기 산불이 일어나던 날, 반가운 봄비가 내렸다. 봄비에 칼국수가 먼저 생각나는 건 행복한 돼지의 숙명일까. 본인의 이름을 내걸고 영업하고 있는 작업실 근처의 칼국수 전문점을 찾았다. 역시나 자리가 없을 정도로 만석이었다. 잠시의 기다림 끝에 칼국수 한 젓가락을 떴다. 식사를 끝내고 나가는 손님들도 있었다. 가게를 나가던 중 한 손님이 문이 안 닫히는지 낑낑거리고 있었다. 아무도 이유를 모르고 쳐다보고 있는데, 같이 간 일행이 한마디 했다.

"그거 자동문이에요."

문에서 손을 떼고 한걸음 떨어져 서니 자연스럽게 문이 닫혔다. 식당에는 한바탕 웃음이 터졌다. 힘으로 문을 닫으려고 했던 손님은 머쓱한 표정으로 식당을 나갔다.

식당의 자동문처럼 올 사람은 알아서 온다. 억지로 당겼다간 도리어 큰 사고가 날 수 있다. 물론 일을 진행하고 처리하는 데는 나의 노력도 당연히 필요하다. 하지만 필요 이상의 열정과 거짓 노력은 오히려 장애물이 되기도 한다. 큰 수익을 바라기보다 내가 좋아하는 일을 꾸준히 하다 보면 실력은 자연스레 쌓일 테고, 나의 능력을 필요로 하는 이들이 생길 것이라고 믿는다.

전 여사의 지갑에는 나의 증명사진이 들어 있다. 십수 년 전 오가다 만난 관상가가 내 사진을 보고는 "쉰 살에 대성할 관상"이라고 했단다. 과연 관상가의 예언이 맞을는지 쉰 살이 기다려진다.

노을이 주는 위로

2022년의 마지막 금요일 저녁. 이날도 어김없이 집을 나설 준비를 한다. 한 해의 마지막 주말 저녁이라고 일찍 퇴근한 남편은 "오늘 같은 날 나오는 사람이 있겠느냐"며 나가지 말고 쉬라고 부추긴다. 프리랜서 강사라고는 하지만 내가 가고 싶다고 가고 가기 싫다고 안 가도 되는 곳이 아닌데, 책임감 없는 소리에 혀끝을 찬다.

광고 중 한 장면이다. 부스스한 얼굴로 밥 한술을 뜨며 딸이 말한다.

"하… 학교 가기 싫다."

딸의 투정에 엄마가 대답한다.

"가야지! 네가 선생님인데?"

박카스 텔레비전 광고 속 한 장면인데, 딱 내 심정이다. 모든 직장인이 그렇겠지만 아침에 일어나 출근하는 것은 너무 힘들다. 하지만 어느 정도 일을 끝내고 집으로 돌아와 잠깐의 휴식을 취한 후 일어나기는 더 힘들다. 잠시 소파에 앉아 있노라면 몰려오는 잠을 쫓느라 바쁘다. 차라리 작업실에서 돌아오지 않았더라면 덜 힘들 테지만, 돌봐야 할 어린 자녀가 있는 덕에 집에 들를 수밖에 없다. 난 또다시 일을 위해 집을 나서지만, 저녁 식사를 챙기고 나와야 하는 게 워킹맘의 현실이다.

누군가는 퇴근 준비로 바쁜 곳을 6개월째 매주 방문하고 있다. 혹자는 금요일 저녁을 술시간이라고 했다. 불타는 금요일과 비슷한 표현이다. 한 주 동안 쌓인 피로를 풀기 위해 지인들과 만나 신나게 즐기는 시간. 게다가 연말이다.

'아무도 안 오면 어쩌지?'

혼자 나와서 허탕 치고 돌아갈까 봐 불안이 조금씩 싹틀 즈음, 하나둘 강의실로 향하는 발걸음이 늘어난다. 퇴근하자마자 캘리그라피 강의를 듣기 위해 저녁도 거른 채 강의실에 들어서는 이들. 단순히 평생학습 강좌만 듣는다면 이들도 나와 마찬가지로 연말 저녁에 가방을 싸 들고나오기는 쉽지 않았을 거다. 글씨를 쓰며 마음의 안정을 찾고, 이웃을 만나 이야기를 나누는 시간이 있기에 빠지지 않고 참석한다.

한 학기 종강을 기념해 강의를 조금 일찍 끝내고 커피숍으로 향한다. 수업 외의 사적인 대화로 친밀함의 거리를 좁혀본다. 헤어짐이 아쉬워 겨울밤 눈 쌓인 골정지를 걷는다. 대충 걸치고 나온 외투에 추운 줄도 모르고 멋진 야경에 넋을 놓고 걷는다. 종강을 기념한 나들이였지만, 한 주가 지나면 또 만날 이들이다.

금요일 저녁 수업은 아무래도 힘들다. 활기가 넘쳤던 월요일과 달리 시간이 지날수록 체력이 소진됨을 느낀다. 하루에도 똑같은 말을 몇 번씩 반복하는 날이면 녹음해서 틀어놓고 싶은 마음이 굴뚝같다. 그래서 금요일 저녁 수업은 핑계를 대서라도 그만두고 싶은 마음이 크다. 하지만 계속해서 나를 찾는 이들이 있기에 감사한 마음으로 강의를 진행한다. 함박눈에 도로가 얼어도 가고, 세찬 비가 쏟아져도 가고, 그렇게 금요일 저녁 수업을 진행한 지 벌써 4년째다.

요즘 같은 여름엔 해가 참 길다. 강의를 끝내고 행정복지센터를 나서는 길. 산등성이 가까이에 붙은 둥근 빛을 보며 "달이다" 하고 외쳤다. 하지만 그건 달이 아니라 아직 퇴근하지 못한 해라는 사실에 깜짝 놀라고 말았다. 일주일간의 고된 업무를 마치고 나오는 내게 격려라도 해 주기 위해 아직 밝게 빛나고 있는 듯했다. 어느 날은 붉은 노을로, 어느 날은 구름에 가려 한 줄기 빛으로만 모습을 보일 뿐이지만 태양도 자기 할 일을 마치고 퇴근하는 중이었다. 하늘 한 번 올려다볼 줄 모르고 집으로 돌아가기 바빴는데, 삶의 응원을 자연으로부터 받는다.

어느 때보다 싱그러운 계절의 금요일 저녁, 나는 오늘도 어김없이 그곳으로 간다.

쓰는 사람이 작가다

뭐라도 써 보기 위해 노트북을 켰다. 하얀 배경 위로 커서만 깜빡인다. 한 글자도 쓰지 못하는 내 마음을 아는지 모르는지 우리 집 어린이는 쉬지 않고 몸을 움직인다. 스트레칭을 한다며 다리를 찢고, 요즘 유행하는 여자 아이돌의 춤을 춘다고 팔을 휘젓는다. 소파 왼편에서 춤을 추더니 어느 순간 주방으로 가서 레모네이드를 만들어 먹는다.

방학으로 인해 함께 있는 시간이 늘어나면서 우리 집 어린이의 움직임을 관찰하는 시간이 많아졌다. 바닥에 앉았다 일어날 때, 힘을 한데 모으고 작게라도 기합을 넣어야 일어날 수 있는 나와는 달리 너무나 쉽게 몸을 움직인다. 하루 종일 뛰어놀고도 다리가 아프다거나 피곤해서 쉬어야겠다고 말하는 일이 없다. 지치지 않는 체력이 부럽다.

물론 나도 어릴 땐 그랬다. 놀잇감을 찾기 위해 동네 산을 오르고, 여기저기 들판을 휘젓고 다녔다. 정상까지는 아니지만 1,430m의 가야산 등산에 도전하기도 했다. 당진에 처음 왔을 때 349m의 아미산을 오르고선 "경상도에선 이 정도면 동네 뒷산이야"라며 쉽게 올랐었다.

하지만 이젠 동네 뒷산이라고 얕잡아 보던 아미산을 오른 다음 날이면, 근육통에 시달려야 하는 저질 체력이 됐다. 강의를 가면 두 시간 동안 서 있는 게 힘들어서 의자를 찾고, 특강이 잡히는 날이면 체력 안배를 먼저 생각한다.

몇 해 전 아미산 표지석 도색을 위해 새벽에 일어나 등산에 나선 적이 있었다. 최단 시간에 오를 수 있는 길은 계단이 끝없이 이어진 코스였다. 쉬지 않고 오르는 우리 집 어린이와 달리, 거친 숨을 몰아쉬며 기어가듯 올랐다. 성공적으로 도색작업을 마쳤지만, 그 이후론 한 번도 정상 표지석을 만나지 못했다.

한 해 한 해 지날수록 오를 수 있는 산의 높이가 점점 낮아지고 있다. 아미산이 힘들어 둘레길이라 할 수 있는 대덕산을 오른다. 대덕산마저 힘들 땐, 평지를 걷는다. 다만 힘들다고 무조건 쉬려고만 하지 않고 꾸준히 걷고자 한다. 섬유 근육통 약에 의존하지 않고도 일상생활을 할 수 있으니, 이것만으로도 다행이다. 체력을 조금씩 다시 길러보는 연습도 필요하다.

인생도 마찬가지다. 높은 목표를 세우고 도전해 나가면 좋겠지만, 몇 년이고 목표에 도달하지 못하는 경우가 있다. 목표를 이루지 못했다고 절망에 빠져 사는 것보다 다음 목표를 향해 발걸음을 옮겨보는 것도 좋다.

나는 평소에 거창한 목표보다는 쉽게 이룰 수 있는 현실적인 목표를 세우고 이루고자 노력하는 편이다. 하나씩 이루어 낼 때마다 성취감도 느끼고, 다음 목표로 나아가기 위한 원동력으로 삼을 수 있기 때문이다.

글을 쓰고 있는 지금도 책을 내기 위한 글쓰기가 아니라, 한 꼭지

한 꼭지 완성하는 것이 목표다. 오늘은 처음 쓴 글을 대폭 수정했고, 이 글을 완성했으니 나름의 목표를 완성한 셈이다. 최근 여러 작가의 북토크에 참여하면서 들은 말 중, 공통적인 의견이 있다.

"쓰는 사람이 작가다."

아직 책 한 권 출판해 본 적 없지만, 꾸준히 글을 쓰고 있으니 이미 난 작가라고 감히 이야기한다. 이것만으로도 만족스럽다.
축구는 많이 뛴 팀이 이기고, 글은 많이 쓰는 사람이 잘 쓴다고 한다. 높은 산은 체력적 한계로 인해 포기했지만, 손가락 움직일 힘만 있다면 글은 쓸 수 있으니 꾸준히 쓸 수 있기를 꿈꾼다. 글을 쓰며 얼마나 많은 즐거움을 만날지 기대하면서.

내 것을 내어주는 마음

아침부터 포틀럭 파티가 열린 듯하다. 수강생 중 한 명이 단호박을 맛있게 쪄 왔다. 집에서 가져오는 동안 식을세라 보온 가방에 꼭꼭 싸서 왔단다. 뒤를 이어 들어온 수강생은 오이와 달걀, 햄 등을 다져서 속을 가득 채운 모닝빵을 만들어 왔다. 마실 건 안 들고 왔다며 서로가 아쉬워하던 찰나, 요구르트를 들고 나타난 또 다른 수강생. 초코파이를 들고 온 이는 차마 못 꺼내 놓겠다며 한쪽으로 가방을 치워 놓는다. 강의는 시작도 안 했는데 배부터 채운다.

또 다른 수업에선 옥수수 파티를 열었다. 사전에 약속한 것도 아닌데 세 명이나 옥수수를 쪄 왔다. 찌는 방법에 따라, 넣은 소금의 양에 따라 조금씩 맛이 다른 여러 가지 옥수수를 맛보고, 집으로까지 살뜰히 챙겨 왔다.

화요일에 진행되는 수업에서는 김밥을 싸 왔다며 먼저 먹고 시작하자는 수강생이 있었다. 새벽부터 일어나 몇 인분의 김밥 속 재료를 준비하는 게 쉬운 일이 아님을 알기에 마다할 수가 없었다. 강의실 내에서는 음식물 섭취가 금지되어 있어서 근처 정자에 자리를 잡았다. 다른 수강생은 차에 컵라면이 있다며 어느새 뜨거운 물까지 받아와 식탁을 차려 놓았다.

어쩔 수 없이 또 한입 맛있게 먹고 강의를 진행했는데, 아침부터 길가에 앉아 컵라면과 김밥을 먹은 게 소문이 나 버렸다. 그 시간 그

곳을 지나간 사람은 두세 명 정도뿐이었고, 분명 아는 사람은 없었다. 유명인도 아닌데 그 짧은 시간에 누가 나를 알아본 것인지 궁금함이 가득했다. 아침을 먹지 않아 살짝 허기진 배를 채웠을 뿐, 나쁜 짓은 하지 않아 참으로 다행이다. 그리 기분 나쁜 소문은 아니었지만, 소도시 당진에선 항상 행동을 조심해야겠다고 생각한 하루였다.

수강생들이 매번 간식을 싸 오면, 나도 뭔가 답례를 해야 할 것 같은 기분이 든다. 가끔은 커피로 보답하기도 한다. 하지만 내가 할 수 있는 가장 큰 역할은 맛있게 먹어주는 것과 유익한 강의로 보답하는 것. 재미있는 강의를 위해 더 연구하고, 많은 시간을 들여 준비하는 이유다. 요리사는 자신이 만든 음식을 맛있게 먹는 모습을 볼 때, 가장 큰 행복을 느낄 것이다. 입이 짧지 않아서 얼마나 다행인지 모른다. 다이어트라고는 모르는 행복한 돼지의 능력이 가장 잘 발휘되고 있는 요즘이다.

뭐 하나 내가 더 가질 수 없을까 하고 호시탐탐 노리는 이들이 많은 세상에서 내 것을 내어 준다는 것은 앞으로도 함께 하고픈 마음이 있다는 것이다. 내 것을 서로에게 내어주며 새로운 인연을 만들어가는 곳에 함께 할 수 있어 행복하다.

종종 묻는 사람들이 있다. 매번 새로운 사람들을 상대하는데, 특별히 힘든 수강생이 있지 않냐고. 10년 넘게 강의를 하면서도 수강생 때문에 심적으로 힘들었던 적은 거의 없다. 고운 심성을 가진 이들만 글씨를 쓰러 오는가 보다.

강의하다 보면 많은 사람을 상대하기에 지치고 힘든 날도 있다. 개인적인 일로 하루 종일 기분이 풀어지지 않을 때도 있다. 하지만 다운되어 있는 내 기분이 그날의 태도로 나타나 수강생에게 전달되지 않기를 바란다. 글씨를 쓰며 느낄 수 있는 그날 치 행복을 가득 담아 가는 시간이 되기를 희망한다. 내가 글씨로 활력을 얻듯, 그들도 글씨로 마음을 치유하는 시간이 되기를 바라본다.

에세이로 기록하는 행위

책과 관련된 오랜 습관은 읽었던 책 다시 읽기다. 글쓰기를 시작하면서 꽤 괜찮은 습관이라는 마음은 더 확고해졌다. 어렵게 탄생한 소중한 글들을 한 번만 읽고 끝내기에는 너무 아쉽지 않은가. 한 해에도 수없이 쏟아지는 도서들 속에서 나와 결이 딱 맞는 책을 찾기란 쉽지 않은 일이기에 갖게 된 습관이기도 하다. 솔직히 말하면 나의 얄팍한 기억력 때문이기도 하다. 한두 해, 아니 한두 달만 지나면 내용이 기억나질 않으니 다시 읽을 수밖에.

남편이 자주 하는 말이 있다.

"삼국지를 열 번 읽으면 S대 갈 수 있댔는데, 내가 S대를 못 간 건 아쉽게도 일곱 번 읽고 포기했기 때문이야."

백 번을 읽었대도 S대 정문도 밟지 못했을 거지만, 일리가 있는 남편의 말에 일단 고개를 끄덕인다. 삼국지 일권도 못 읽고 포기한 내게는 대단한 성과로 보이기 때문이다. 삼국지가 남편의 최애 서적이라면 나의 최애 서적으로는 공지영 작가의 『무쏘의 뿔처럼 혼자서 가라』를 꼽는다. 물론 에세이 분야는 따로 있다.

대학 입학 즈음이다. 여럿이 함께 살게 되면서 생활을 공유했다.

작은방에는 남동생이 생활했고, 큰 방에는 작은 언니와 셋째 언니 그리고 큰 언니의 친구까지 함께 살았다. 공간은 물론이고 생활 안에 들어 있는 도서도 공유했다. 어떤 언니의 책인지, 초기 소유자가 누구인지 알지 못한 채 그때 처음 『무쏘의 뿔처럼 혼자서 가라』를 접한 이후 네 번의 크고 작은 이사를 거치면서 결국에는 나와 함께하고 있다.

몇 년 전, 지역 신문사 도서 추천 코너에 인터뷰이로 참여하면서 새롭게 꺼내 읽게 된 게 이 책이기도 하다. 20여 년이 넘는 세월의 흐름 속에 표지는 너덜너덜해지고 내지는 원래 색을 알 수 없을 정도로 바랬다. 결혼 즈음에도 읽었으니 10년마다 한 번씩 읽고 있는 셈이다. 내 기억 저장소는 받아들일 수 있는 용량에 제한이 있어서 두 번이나 읽은 책임에도 불구하고 내용이 가물가물했다. 스무 살과 서른 살에도 재미있게 읽었던 기억만 있다. 주인공과 엇비슷한 나이가 된 세 번째 독서에서는 더 많은 공감대가 형성됐다. 몇 해가 또 지난 지금 자세한 내용은 역시나, 기억이 나지 않는다. 아마 쉰이 되어서도 다시 읽을 것 같으니 잘 보관해 둬야겠다.

최애 소설을 집필한 작가의 글이라도 취향이 맞지 않을 때도 있다. 얼마나 취향이 대쪽 같은지, 읽다가 만 책인 것을 잊고 작가 이름만 보고 다시 대출한 어느 도서는 역시나 완독하지 못하고 중도 포기했다.

어릴 적 시민 작가들의 글을 모아 놓은 『좋은 생각』을 즐겨 읽긴 했으나 에세이라 칭하고 출간된 단독 도서는 글을 쓰기 시작하면서 처음 읽기 시작했다. 온갖 에세이를 접하다 보니 소설과 마찬가지로 내가 좋아하는 부류의 글을 찾을 수 있게 됐다. 마음에 들어온 책들은 구매해서 소장하기 시작했다.

에세이라고 소설과 다를까. 고작 1년도 지나지 않았는데, 내용이 하나도 기억이 안 난다. 책 사이사이 붙어 있는 인덱스를 보고서 내가 읽었음을 알 수 있다. 단어 하나하나 다시 곱씹으면서 읽어본다. 다닥다닥 붙은 인덱스들 사이에 또 다른 인덱스가 비집고 들어간다. 그날의 상황과 마음 묘사를 어쩜 이리 예쁘게도 해 놓았는지, 빼앗고 싶은 문장과 단어들을 수집하느라 시간 가는 줄 모른다. 소장하고 싶은 단어들이 대보름 달빛을 받아 마음속에 어룽졌다.

에세이를 쓰다 보니 오늘 내가 보낸 하루 중 좋은 장면을 자꾸 찾게 된다. 사소한 장면 일지라도 더 구체적으로 생각하고 정리하는 습관을 갖게 됐다. 한 걸음 물러서서 그날의 나를 생각하다 보니 내가 그 생각을 한 게 맞는지, 그 생각을 한 것이라고 바라는 건 아닌지 가끔은 헛갈릴 때도 있다. 그날의 내가 아니라 지금의 내가 생각을 정리하고 있지만, 둘 다 똑같은 나이므로 상관은 없을 듯하다. 아무튼 그날의 나에 대해 정리할 시간을 주는 행위. 좋은 쪽으로 나를 이끄는 행위. 그것이 바로 에세이로 기록하는 행위이다.

담배에 대한 몽상

주말 저녁이면 어김없이 아파트 안내 방송이 흘러나온다. 층간 소음에 주의해 줄 것과 함께 실내 흡연은 금지되어 있다는 내용이다. 담배 연기가 불편한 비흡연자들은 조금의 냄새에도 아주 민감하여 불만을 표시한다. 반면에 '내 집에서 담배 좀 피운다는 데 왜 안 되는 거야'라며 뻐끔뻐끔 연기를 내뿜는 이들도 있다. 실내 흡연이 가능했던 시절에서 변화하는 사회를 아직도 받아들이지 못하고 있는 듯하다.

내 기억에 30여 년 전은 흡연자들을 위한 세상이었다. 손님을 맞이하는 접대 테이블이 있는 곳이면 각양각색의 재떨이가 기본으로 비치되어 있었다. 휴지에 물을 묻혀 재떨이에 넣어 놓은 모습을 보면서 주인장의 섬세한 모습을 보기도 했다.

요즘에도 실내 흡연이 가능했다면 카페 테이블마다 재떨이가 놓여 있을 것이다. 다양한 재떨이를 수집하는 사람도 많지 않을까 하는 생각을 해본다. 버스에서 담배를 피우느라 겨울에도 창문을 열어놔 서로 싸움이 일어나는 일이 잦을 것이다. 지하철에는 창문이 없으니 유일하게 흡연 금지 구역이 되었으려나.

그 시절엔 아버지도 애연가셨다. 하루에 한 갑씩 껌을 씹듯 담뱃대를 질겅질겅 씹으셨다. 지금은 상상할 수도 없는 일이 되었지만, 어린 시절에는 아버지의 담배 심부름을 참 많이도 다녔다. 동네 슈퍼는 아이들에게도 담배를 보루째 쉬이 내어주었다. 가슴에는 담배를 안고 심부름 값으로 같이 산 사탕 하나를 입에 물고 신나게 동네 어귀를 달렸다. 애연가가 있는 집엔 선물처럼 담배를 사 가기도 했다. 안부 인사를 하듯 서로가 담배를 권하던 때였다. 그야말로 흡연자들의 호시절이었다.

좋았던 시절도 잠시였다. 사춘기가 된 딸들의 성화에 아버지의 흡연권은 조금씩 힘을 잃어 갔다.

"아버지, 이제 담배 좀 줄이세요."
"술도 안 마시는데 담배 피우는 것 가지고 뭐라 하지 말아라."
"그럼, 우리랑 있을 때는 담배 피우지 마세요. 정 담배가 당기면 나가서 피세요."

한파가 몰아치는 주말 저녁이었다. 예능 프로그램 시청을 위해 텔레비전이 있는 안방으로 모였다. 담뱃갑을 만지작거리는 아버지의 모습에 여동생과 나는 레이저를 쏘듯 아버지를 노려봤다. 무언의 압력에 아버지는 결국 안방에서 쫓겨났다.

프로그램이 끝날 때쯤 어디선가 타는 냄새가 났다. 옆방 쓰레기통에서 연기가 솔솔 피어나고 있었다. 급하게 불을 끄고 연기의 원인을 파악한 결과, 범인은 예상대로 아버지였다. 제대로 끄지 않은 담배꽁초를 쓰레기통에 버린 것과 실외가 아닌 자녀의 방에서 몰래 담배를 핀 아버지는 한동안 딸들의 잔소리를 들어야만 했다.

요즘 내 주변엔 담배 피우는 사람이 거의 없다. 아버지도 큰 수술

후 평생 피었던 담배를 끊으셨다. 나는 담배를 피워 본 적이 없다. 피고 싶은 적도 없던 나였는데 40대가 된 지금, 아주 가끔 만나게 되는 담배 피우는 모습을 보며 담배에 대해 몽상한다. 일이 잘 풀리지 않을 때, 연기 한 모금 내뿜으면 고민도 함께 사라질까. 식후 담배 한 모금이 그렇게 달다는데 과연 종이컵에 탄 믹스커피보다 맛있을까.

이 글을 마무리 짓기 위해 수없이 쓰고 지우기를 반복하는 중에 생각한다. 아, 지금이 담배가 필요한 타이밍이구나.

더 좋은 나를 만드는 곳

새 학기가 시작되고 나선 강의 첫날이다. 앞으로의 수업 계획에 대해 안내하며 명함을 돌린다. 명함에 적힌 주소를 확인한 수강생들 중 몇몇이 놀라며 묻는다.

"작업실이 따로 있어요?"

놀라움과 약간의 부러움이 담긴 질문인 걸 알기에 그 어느 때보다 신나서 응대한다. 업무 공간이 아니더라도 나만의 공간을 필요로 하는 이들이 많다. 특히 프리랜서로 활동하는 이들에게는 멋진 작업실 하나쯤은 있어야 일할 맛이 난다고 할까. 작업실을 갖는 건 로망과 같은 것이다.

공예 작품을 판매하는 쇼핑몰을 운영할 때도, 일주일에 몇 번씩 출강을 나갈 때도 작업실 없이 움직였다. 작업을 의뢰하는 이들을 만날 때는 주로 내가 상대방 쪽으로 움직이거나 카페를 이용했다. 수입은 쥐꼬리만 한데 덜컥 작업실을 오픈했다가 이도 저도 아닌 게 되어 버릴까 봐 눈치만 살폈다. 축하 속에 시작했다가 첫 계약이 만료되는 시점에 맞춰 작은 평수로 옮겨 가거나 폐업 신고를 하는 동료 강사를 여럿 보았기 때문이기도 하다. 내 명의의 건물이 따로 있지 않는 이상, 매월 나가는 월세 부담에서 벗어나기란 쉽지 않다.

콩알만 한 간 때문에 10여 년을 버티다 작은 공간을 하나 마련했다. 당시 사회단체에서 간사 업무도 겸업했었는데 그만둘 핑곗거리를 찾기도 하던 차였다. 드디어 로망과도 같은 공간을 가졌다. 내 이름 세 글자를 상호에 넣었다. 힘찬 시작을 알려야 하는데 코비드 19가 그만 들러붙었다. 10년을 저울질만 하다 마련했는데, 사적인 모임마저 제한되는 시기를 견뎌야 했다. 그럼에도 시간은 어찌 이리 빨리 흐르는지, 벌써 두 번째 계약 만료를 3개월 남겨 두고 있다.

최근에 동료 강사들의 공방 두 곳을 연속해서 방문했다. 넓고 깨끗한 공간의 모습에 부러움과 비교가 한 번에 몰려왔다. 로망 같은 공간을 가져 행복해하던 첫 마음은 없어진 지 오래고, 더 넓은 곳으로 옮겨야겠다는 욕망에 휩싸였다. 거기에 더해 때마침 나온 매물이 나를 더 불타오르게 했다.

지금 있는 곳보다 더 시가지에 가까운데, 주차도 편하다. 출입문 앞으로는 산책하기 좋은 당진천이 흐른다. 거기다 평수는 넓은데 월세 부담은 지금에 비해 많이 크지 않다는 점이 나를 끌었다. 왠지 그곳으로 가면 일이 더 잘 될 것 같다는 무한한 희망에 휩싸였다. 새로운 공간에서 보내는 시간 동안 더 풍성한 나를 만들고 더 좋은 사람들을 만나게 될 것이다. 아직 임장만 둘러보고 가계약조차 하지 않은 상태지만 이미 나는 그곳에 가 있는 상상을 한다. 서울에 사는 공출판사 공가희 대표가 당진에 반해 사무실을 당진 면천에 장만한 것과 같은 마음이다.

사람마다 다르겠지만 편안함을 느끼는 공간이 있다. 임경선 작가는 에세이 『자유로울 것』에서 글쓰기에 적합한 카페가 갑자기 폐업하는 것에 대해 아쉬움을 토로하기도 했다. 이후 찾은 카페는 왕복세 시간 거리에 있지만 어쩔 수 없이 버스에 몸을 싣는다고 한다. 그만큼 공간이 주는 힘이 크다는 이야기다.

물론 지금 있는 공간도 너무 좋다. 세로로 난 큰 창으로 키 큰 메타세쿼이아가 안부를 물으며 반기는 곳이다. 작업을 하다 잠시 올려다본 창으로 들어오는 메타세쿼이아의 색 변화로 계절이 바뀌어 가고 있음을 알 수 있다. 단지 더 넓은 곳을 찾다 보니 새로운 공간이 내 맘에 들어와 자꾸만 엉덩이를 들썩이게 만들고 있다. 남은 계약 기간 동안 부디 그곳이 나를 기다려 주기를 바랄 뿐이다.

봄비가 내리는 날, 창가에 앉아 연록으로 물들어 가는 5월을 상상해 본다. 일이 잘 풀리지 않을 땐 담배에 대해 몽상하기보다 작업실을 나와 당진천을 거닌다. 오리 가족이 느린 내 걸음에 동행해 줄 것이다. 운이 좋은 날엔 수달을 만날지도 모를 일이다.

제2부

그때, 그대

열기에 익어가는 건

멀거니 사람들 오가는 모양만 보고 있다. 머리가 지끈거리고 속이 울렁거려서 할 수 있는 게 없다. 나도 모르게 자꾸 인상만 쓰게 된다. 진통제를 먹었음에도 통증이 쉽게 가라앉지 않는다. 결국 속을 게워 내고야 안정을 되찾았다.

지역 축제에서 캘리그라피 체험부스를 운영한 지 고작 세 시간 정도 지났는데, 아무래도 일사병에 걸린 듯하다. 과격한 신체활동을 한 것도 아닌데, 직통으로 맞은 태양에 그만 무너지고 말았다. 무더위가 지속되는 7~8월도 아니고 이제 겨우 여름 초입에 들어선 날 진행된 야외활동에 일사병이라니. 평소와 다른 환경에 너무나 쉽게 반응하는 몸이 야속하면서도 이런 날씨도 아랑곳하지 않고 농사를 짓던 부모님의 모습이 떠올랐다.

한 해 참외 농사의 첫 시작은 비닐하우스를 새로 짓는 것이다. 참외는 일조량이 충분해야 과실의 당도가 높아진다. 또 온도는 25~30도가 적당하다고 하는데, 풍부한 일조량과 온도 유지를 위해 매년 새 비닐로 교체한다. 참외는 여름을 대표하는 과일 중 하나이다. 지금은 수확 시기가 많이 앞당겨져서 봄에 제일 맛있는 참외를 맛볼 수 있기는 하지만 여름까지 수확이 이어진다. 그만큼 뜨거운 비닐하우스 안에 들어가 지속해서 일을 해야 한다는 이야기다.

주말 오후, 부모님의 일을 돕던 때였다. 해가 하늘의 가장 높은 곳에 떠 있는 대낮에는 쉬었다가 해가 지기 세 시간 전쯤에 참외 수확을 시작한다. 내가 맡은 일은 수확해 놓은 참외를 옮기는 일이다. 해는 여전히 하늘 위에서 대지를 내려다보고 있지만 시원한 바람이 있으니 일하기는 어렵지 않겠다고 생각했다.

손수레를 끌고 하우스로 향한다. 입구를 지나 안으로 들어서자마자 뜨거운 열기가 온몸을 휘감는다. 안과 밖의 온도 차가 상상 이상이다. 어느 정도 예상했지만, 생각보다 높은 온도에 깜짝 놀라 저절로 걸음이 멈춰진다. 후끈한 열기에 호흡마저 흐트러진다. 흡사 도자기를 굽는 열 가마에 들어온 듯했다. 여기에 있다가는 참외는 물론이고 사람도 제대로 익어서 나가겠구나,라고 생각했다.

문을 열어 놓긴 했지만, 하우스 안은 바람이 통하지 않는다. 조금만 움직여도 땀범벅이다. 이런 곳에서 부모님은 두 시간이 넘게 쪼그려 앉아 참외를 따고 계신다. 금세 지쳐 밖으로 뛰쳐나가는 나와는 달리 부모님은 요지부동이다. 일할 수 있는 시간이 많지 않으니 오가는 시간을 아껴야 한다며 챙겨 들어간 물 한 잔으로 목을 축이는 게 휴식의 전부다.

고등학교 졸업 전까지 참외 농사를 짓는 부모님의 일을 도왔지만, 비닐하우스의 열기는 좀처럼 익숙해지지 않았다. 대중목욕탕이나 찜질방에 적응하지 못한 것도 같은 이유 때문이다. 대부분은 피로를 풀기 위해 찾는 곳이지만 나에게는 답답함만을 안겨주는 곳이다.

부모님도 비닐하우스의 열기가 힘든 건 매한가지였을 것이다. 가족의 생계가 걸려 있으니, 햇볕이 뜨거워도 땀이 비 오듯 흘러 눈을 뜰 수 없게 만들어도 참고 또 참으며 견뎌 냈을 뿐이다. 열기에 온몸이 익어간들 개의치 않았다. 일한 만큼 거둬들일 수 있는 게 농부의 특권이니, 몸을 아끼지 않았다. 하루가 다르게 커 가는 자식들을 생각하며 새벽잠까지 줄이며 일에 매달렸다.

수십 년을 여름에 맞서 싸운 부모님과 달리 나는 몇 년 전부터 일사병에 걸리며 햇빛과 열기에 고개를 숙이고 있다. 대자연에 맞서 싸울 수는 없지만, 좀 더 시원한 옷차림과 냉방 용품에 기대어 열기를 물리쳐 본다. 부모님이 그랬듯 캘리그라피에 대한 의지를 불태운다. 몇 해의 더운 여름을 견뎌낸 캘리그라피에 대한 열정은 참외만큼 달다.

마트에 가면 입구에 진열된 참외 향이 가장 먼저 반기는 계절이다. 노란 빛깔과 함께 특유의 향기로 존재를 뽐낸다. 코끝을 자극하는 달콤한 향기에 마냥 기분이 좋으면서도 비닐하우스의 열기도 함께 느껴지는 것 같다. 탐스럽게 익은 참외 한 봉지를 카트에 담으며 뜨거운 열기를 이겨낸 부모님의 사랑도 함께 담아온다.

건방진 커피

형부의 계략에 말려들었다. 서로 자신만의 신발 던지기 비법에 대해 이야기하다가 직접 경기로 우위를 가려 보자고 했다. 집안 대결로 신발 던지기를 해서 지는 팀이 커피를 쏘는 경기다. 몇 년 전, 지역 축제에서 애기 엄마들끼리 한 경기에서 두 번이나 일등을 한 적이 있던 나를 우리 집 어린이가 적극 추천했다. 그래서 언니네 가족 대표는 형부가, 우리 가족 대표는 내가 맡게 됐다. 형부가 던진 미끼를 덥석 물어 버렸다. 성별도 맞지 않는 불합리한 대결인데 덜컥 수락해 버린 한 시간 전의 나를 원망한들 돌이킬 수 없었다.

근처 공원으로 이동했다. 둘째네와 넷째네의 가족 대결을 지켜보기 위해 부모님도 동행했다. 먼저 연습 게임이 진행됐다. 형부의 신발이 저 멀리 날아갔다. 역시 당진에서 아무리 신발 던지기를 잘한들 그건 여자들 사이에서였다. 온 힘을 다해 신발을 날려 봐도 매번 형부 신발보다 3미터 정도는 덜 날아가고 떨어졌다.

신발 던지기로 져 본 적이 없었는데, 막상 본 경기가 되니 긴장감이 몰려왔다. 형부의 실력을 봐 버렸기 때문이다. 거추장스러운 롱코트는 벗어던지고 숨을 가다듬었다. 하나둘 셋. 언니의 구호에 따라 힘껏 던진 신발. 분명 같이 출발했는데 내 신발만 저만큼 가 있다. 형부의 신발은 방향을 잘 못 잡아 나무에 부딪혀 떨어지고 말았다. 이겼다. 역시 실전에 강해야 살아남는 거다. 처제에게 커피 한 잔

얻어먹으려다 도리어 자기가 당해 버렸다.

"형부, 처제한테 커피 사 주려고 일부러 져 준 거죠?"

진심으로 경기에 임했지만 아쉽게 패배를 맛본 형부를 살살 놀려본다. 카페로 이동 중에 엄마가 한마디 한다.

"건방지게 요즘은 다들 커피 못 묵어서 난리네. 이 돈이면 밥을 한 끼 사 묵겠다."

그냥 조용히 따라와서 '맛있다, 잘 먹었다' 하면 될 것을, 엄마는 꼭 한마디 거들어서 한껏 고취된 분위기를 흩트려 놓는다. 힘들게 일해 번 돈을 허투루 쓰는 걸 염려하는 맘인 걸 안다. 엄마가 우리를 키울 땐 상상도 못 했던 일이기 때문이다.

엄마가 내 나이였을 땐, 잠시도 쉴 틈 없이 일만 해야 했다. 육남매와 시부모, 시동생까지 함께 살았는데 경제활동을 하는 사람은 엄마와 아버지뿐이었으니 꼭 필요한 의식주 외에는 누릴 수 있는 게 없었다. 직접 기른 콩으로 두부를 만들고, 도토리를 주워다 묵을 쒔다. 도시락 반찬으로 햄이나 소시지를 꿈꾸지만 죄다 이상한 풀만 잔뜩 들어 있었다. 무말랭이, 깻잎장아찌, 고추부각, 냉이 무침, 콩자반 등이 대부분이었다. 지금은 너무 좋아하는 것들이지만 어릴 땐 들이나 밭에서 나는 것 말고 공장에서 만드는 가공식품이 먹고 싶었다. 사서 먹일 여력이 되지 않아, 되도록 직접 재배하거나 만들어 먹였다. 그만큼 엄마는 더 바빴다. 대식구를 먹여 살리느라 밭일을 끝내고 집으로 와서도 절대 쉬는 법 없이 움직였다.

그러던 어느 날, 내가 사는 곳에도 드디어 돈가스 가게가 문을 열었다. 가족 외식을 꿈꾸었지만, 지금까지의 경험치로 볼 때 절대 있을 수 없는 일이다. 엄마에게는 금전적인 여유도 없었지만, 마음의 여유도 없이 사는 그런 날의 연속이었다. 풀은 벨지언정 돈가스를 썰 여력은 좀처럼 나지 않았다. 결국 나의 첫 돈가스는 친구 부모님이 사 주신 중학교 입학 선물이었다.

몇 해 전 여름, 둘째 언니네에 이끌려 부모님이 우리 집에 놀러 온 날이었다. 일정이 길지 않기에 도착하자마자 곧바로 바다로 향했다. 외식을 생각하고 나간 터였는데 차에서 내리는 엄마는 또 짐이 양손 가득이다.

"나가서 사 묵으면 다 돈이다."

여행 며칠 전에 무김치를 미리 담가 적절히 익히고, 여행 날 아침에는 육개장을 끓여 보자기에 곱게 싸서 오셨다. 힘든데 그냥 오지, 밥 한 끼 사 묵는다고 얼마나 든다고, 딸이 사 준다는데 뭐가 아깝노, 투덜투덜 볼멘소리를 내다가도 역시 엄마 손맛이지, 사 묵는 것보다 훨씬 맛있네,로 바뀌는 상황이 연출됐다. 딸이 밥 산다고 하면 비싸다고 엄마가 투덜투덜, 엄마가 밥해 오면 힘들게 왜 해왔냐고 딸이 투덜투덜. 투덜이 가족이 따로 없다.

이렇게 평생 근검절약하며 살아 온 엄마에게 밥 대신 커피가 가당키나 하겠는가. 해가 떠 있는 시간 동안에는 무조건 일 하고, 한푼 두푼 아끼는 게 습관이었다. 그렇게 키운 덕에 육남매 모두 저마다의 가정을 꾸려 자리를 잡았다.

카페를 나서며 엄마에게 말한다.

"근데 엄마, 돈이 있어도 쓸 줄 모르면 재산이 아니라 유산이라고 하대. 자식들한테 유산 남길 생각하지 말고 다 쓰고 가야지. 쓸라고 돈 버는 건데 요즘 세상에 아낀다고 다 좋은 거는 아이다. 건방 좀 떨면 어떻노? 육남매 이렇게 잘 키워 놨는데. 다음에 만나면 또 커피 마시러 가자. 건방지게."

풀은 벨지언정
돈가스를 쌀 여력은
좀처럼 나지 않았다

늙은 호박

널브러져 있는 늙은 호박에 눈길이 멈췄다. 물 한 모금 먹지 못한 듯 줄기는 다 말라비틀어졌다. 살짝 건드리면 모래성마냥 부서질 듯 위태위태하다. 힘없이 연결된 줄기를 뒤로하고 늙은 호박은 여름내 불린 몸집으로 자신의 위치를 알렸다. 얼룩덜룩 분칠을 하고 '나 여기 있으니 한 번 쳐다봐 줄 수 있겠소'라고 외치는 듯하지만, 관심을 주는 이가 없다.

자투리땅일지라도 농부는 땅이 비어 있는 모습을 보지 못한다. 뭐라도 심어 농부의 실력을 인정받겠다는 듯이 시어른들은 그 땅에 호박을 심었다. 비옥한 토지에 거름이 더해졌고 적절한 태양과 바람이 어루만졌다. 그리고 땅이 마를 즈음이면 적당히 제공해 준 물 덕분에 훌륭한 농부임을 인정받았다. 하지만 판로가 마땅치 않은 탓에 수확을 미룬 채 방치되고 있다. 늙은 호박은 쓰임을 받지 못하고, 태어난 자리에서 생을 마감할 준비를 하고 있다. 겨울이면 깊은 흔적을 남긴 채 그 자리에 그대로 으스러질 것이다.

중학교 무렵이었다. 할머니는 농사를 짓는 부모님을 대신해 하교하는 손녀를 맞았다. 일찍이 허리가 굽은 탓에 부모님의 농사일을 돕기는 어려운 상황이었다. 덕분에 집에는 항상 사람 온기가 돌았다.

할머니는 무료한 일상을 달래기 위해 쑥이나 냉이를 뜯어 장에 내다 파는 일을 소일거리 삼았다. 살림에 조금이나마 보탬이 되고자 할머니가 생각해 낸 일이었다. 하지만 아버지는 장에 나가는 할머니를 탐탁지 않게 여겼다. 그럼에도 불구하고 할머니는 아버지의 눈을 피해 벌써 여러 번 장에 다녀온 모양이다.

일요일 아침, 할머니의 부름에 일찍 눈을 떴다. 달려 나간 마당에는 늙은 호박 한 덩이가 보자기에 싸여 있었다. 오늘이 바로 그날이다. 아버지 몰래 장에 다녀오는 날. 버스를 타려면 신작로까지 걸어가야 한다. 굽은 허리를 하고서 호박을 들고는 도저히 걸어갈 수 없는 상황에 손녀에게 도움을 요청했다. 겨우 눈곱만 뗀 상태로 호박을 들어 안았다. 할머니보다 앞장서서 마당을 나섰다.

몇 걸음 떼지도 못했는데 집으로 들어오는 아버지와 딱 마주쳤다. 뒤따라오는 할머니의 모습을 번갈아 보시더니 내 품에 안겨 있던 호박을 낚아채 마당으로 힘껏 던져 버리셨다. 노란 속살을 내보이며 늙은 호박이 나뒹굴었다.

"장에 나가지 말라 카지 않았소. 멀쩡한 자식이 있는데, 왜 장에 가서 이런 거 팔고 있소. 자식욕 보이고 싶소. 해옥이 니도 절대 할매 도와주지 말아라."

평소 큰소리 한 번 내지 않았던 아버지였기에, 불같이 화내는 아버지의 모습에 적잖이 놀랐다. 할머니도 마찬가지였는지 더 이상 장에 나가는 모험을 감수하지 않았다. 이후 늙은 호박은 장식품마냥

방 한구석에 오랫동안 자리를 잡고 있었다.

밭에 널브러져 있어도 찾는 이가 없는 늙은 호박. 호박도 쓰임이 많을 때가 있었다. 속을 긁어서 전을 부쳐 먹고, 산모들은 즙을 내려 먹기도 했다. 먹을 것이 많아진 요즘 들어 천덕꾸러기 취급을 받고 있다. 자식 키우느라 손은 거칠어지고 허리가 굽었는데, 이젠 아무 도움이 되지 못하는 뒷방 늙은이 신세가 된 것 같다. 온몸에 훈장 같은 깊은 골짜기를 새기며 세월을 이겨냈는데, 몸은 점점 굳어져 간다.

할머니의 사랑으로 누구보다 따뜻한 유년 시절을 보냈다. 저녁이면 할머니 방으로 달려가 좋아하는 텔레비전 프로그램을 맘껏 보고, 일본 순사들이 등장하는 옛날이야기를 생생하게 듣기도 했다. 아버지 또한 꿋꿋하게 자리를 지킨 할머니 덕에 여러 명의 가족을 책임지는 가장의 역할을 충실히 수행해 냈다.

나도 이제 반쯤 익은 늙은 호박이 되어 가고 있다. 누구나 부러워할 만한 화려한 결말을 바라지는 않는다. 고집스럽게 자리를 지킨 늙은 호박처럼 내가 태어난 그 자리에 깊은 흔적 하나 남기고 저물 수 있기를 바랄 뿐이다.

고집스럽게 자리를 지키는
늙은 호박처럼
내가 태어난 그 자리에
깊은 흔적하나 남기고
저물수 있기를

나를 들썩이게 하는 것

분명히 내 몸은 누워 있지만 바닥에 닿는 느낌이 없다. 하루 종일 움직이느라 혹사한 몸을 쉬게 하려 애쓰지만 도통 잠들지도 못하고 있다. 나도 모르는 기운에 이끌려 우주 공간을 떠다니는 듯하다. 무중력이 이런 느낌일까.

지역 축제에서 캘리그라피 퍼포머로 데뷔한 날이다. 한 달가량 담당자와 의견을 주고받고 의상도 준비했다. 수많은 관중의 시선이 집중된 가운데 글씨를 써 내려갔다. 글씨를 틀리지는 않을까. 도장은 잘 찍힐까. 한복 치마를 밟고 넘어지지는 않을까. 끝도 없이 이어진 걱정이 무색하게 공연은 잘 마무리되었다. 공연 후 캘리그라피 체험 부스 운영까지 하며 쉴 틈 없는 하루를 보냈다. 한시름 걱정도 덜었으니 푹 자고 일어나자 했는데, 채 흥분이 가시지 않았는지 쉽게 잠들지 못했다.

중학교 무렵에도 쉽게 잠들지 못했던 날이 있었다. 그날 아침엔 알람 없이도 일찍 눈을 떴다. 깨끗이 씻고는 꽃단장에 나섰다. 몇 벌 안 되는 옷 중에 가장 예뻐 보이는 것을 골라 입는다. 앞머리를 빗고 또 빗어 본다. 주말에 큰 언니가 두고 간 립스틱을 입술에 살짝 발라 본다. 물도 한 모금 마셔보고 화장실도 들르고 거실을 왔다 갔다 한다. 좀처럼 흥분된 마음을 가라앉히지 못한다. 엄마의 외출 준비가 마무리되기를 기다리고 또 기다린다.

출발 시간이 한참이 남았는데도 자꾸만 엉덩이를 들썩거리는 이유는 가족과 함께하는 첫 놀이동산 나들이 날이기 때문이다. 인근 도시에 놀이동산 개장 소식을 들은 엄마의 제안이 있었다. 가족의 생계를 챙기느라 기념일을 챙기는 일도 드물고 여행을 다니는 일도 없었는데, 놀이동산 나들이라니. 며칠째 팡파르가 울려 퍼지고 있다. 맘속으로 추던 춤사위가 발끝을 통해 흘러나오고 있다.

드디어 놀이동산 앞이다. 공주들이 주인공인 만화 영화의 한 장면 같은 출입구를 지나자 들려오는 흥겨운 음악 소리. 눈은 사방을 둘러보느라 바쁘고 발걸음은 음악에 맞춰 점점 빨라진다. 어떤 놀이 기구를 먼저 타야 할까. 아는 게 없을 땐 모르는 사람들의 행렬에 동참해도 좋다. 적당한 함성이 들려오고 적당히 늘어선 대기 줄. 그곳에 섰다. 동생과 내가 선택한 놀이 기구의 이름은 '부메랑'. 놀이동산의 꽃 롤러코스터다. 롤러코스터라 함은 수직 급상승과 급하강이 이어지는 놀이 기구다. 겁도 없이 도전한 첫 놀이 기구가 롤러코스터라니.

드디어 우리 차례다. 자리에 앉자, 안전바가 내려왔다. 서서히 출발한다. 80도에 달하는 레일을 진행 방향과는 반대 방향으로 슬금슬금 올라간다. 뒤가 안 보이니 어디쯤 올라갔는지 도통 가늠이 안 된다. 지상과 점점 멀어지는 아찔한 높이에 눈을 질끈 감았다. 그 순간 덜컹 소리와 함께 수직 하강이 시작됐다. 잘 붙어 있던 내 심장도 함께 떨어지는 줄 알았다. 점점 속도를 올리며 레일을 오르락 내리락을 반복한다. 거기에 360도 회전까지. 예상과 다른 짜릿함에 소리도 지르지 못했다. 롤러코스터가 멈출 때까지 눈과 입은 한 번도 열리지 않았다. 올라가 보지 못한 높이와 눈 뜨고는 도저히 감당해 낼 수 없는 속도에 롤러코스터는 한 번 경험 한 걸로 만족했지만 해가 질 때까지 놀이기구 탑승은 멈추지 않았다.

그날 밤 알 수 없는 우주 한가운데를 한참을 떠다녔다. 정신은 살아있지만, 몸은 내 맘대로 움직일 수 없어 팔만 허우적거릴 뿐이다. 하루 종일 허공을 날아다닌 놀이 기구의 여파도 있었지만, 첫 놀이동산 나들이의 느낌이 잊힐까 부러 놓지 못했다. 그래서 여태 나의 추억 보석함에 고이 간직되고 있는지도 모른다. 어린 시절 우리 가족의 모습을 회상할 때면 한 번씩 꺼내보는 반짝반짝 빛나는 가족 나들이의 추억. 적당한 시절에 떠났던 그날의 나들이는 보석함에 고이 모셔두고 '나들이' 삼행시로 글을 마무리 지어 본다.

나 : 나를
들 : 들썩이게 하는
이 : 이로운 것

맏이의 고충

내가 처음 대구 시내버스를 혼자 타 본 건 초등학교 고학년쯤일 것이다. 무슨 바람이 불었는지 자취하는 큰언니 집에 가 보고 싶어 안달이 났다. 동행해 줄 어른이 없는데도, 도시의 모습을 구경하고 싶은 마음에 떼를 썼을지도 모른다. 박해옥 어린이 인생에 큰 모험을 강행했다. 약속 장소는 큰언니가 다니는 회사 앞이다. 언니들과 대구 이모 집에 들렀던 경험이 몇 번 있었던 덕에 시외버스 승하차는 쉽게 이뤄냈다.

문제는 시내버스다. 한두 곳만 정차하는 시외버스와 달리 시내버스는 수시로 서고 달리기를 반복한다. 조마조마한 마음을 안고 언니가 알려 준 번호의 버스에 탑승했다. 20여 분만 가면 목적지의 버스 정거장이 나올 것이라고 했다. 예상과 달리 목적지는 쉽게 나타나지 않았다. 도시의 퇴근 시간을 예상하지 못한 시간 계산이었다. 결국 기사 아저씨에게 달려가 물었다. 세 정거장만 더 지나면 된다고 했다. 하나둘 셋, 마음속으로 정거장 숫자를 세다 세 번째 정거장에서 내렸다. 그런데 아무리 둘러보아도 언니가 말해 준 건물이 보이지 않는다. 이러다 언니를 만나지 못할 것이라는 두려움에 휩싸였다. 흐르는 눈물을 연신 닦아내며 언니에게 전화를 걸어 나의 위치를 전했다. 수분의 시간이 흐르고 건물 모퉁이를 돌아 나오는 언니의 모습을 발견했을 때, 드디어 언니를 만났다는 안도감에 폭포수 같은 눈물을 쏟았다.

언니를 놓칠세라 팔을 꼭 잡고 퇴근길에 동행했다. 그 당시 본가는 아파트도 한 채 없는 시골이라 기껏해야 5층이 가장 높은 건물에 속했다. 그래서 고층 건물 사이를 걷는 것만으로도 도시인이 된 것 같았다. 눈물은 금세 말라 허공으로 날아갔다. 이런 큰 도시에서 일하는 언니는 텔레비전에 나오는 것처럼 멋진 아파트에 살 것이라는 부푼 기대감을 안고 큰 보폭의 걸음을 열심히 따라갔다.

고층 건물의 행렬도 잠시, 언니가 이끄는 곳은 예상했던 아파트가 아니라 단층으로 이루어진 주택가였다. 언니는 자전거나 오토바이만 겨우 다닐만한 좁은 길을 지나 마주한 파란 대문을 열었다. 근사한 아파트가 아닌 것에 실망한 것도 잠시 새롭게 만난 집의 형태에 놀라고 말았다. 조그만 주방과 한 칸짜리 방이 있었는데, 대문 안으로 똑같은 형태의 집이 네 곳이나 있었다. 화장실은 공동으로 사용해야 했다. 마당으로 차가 드나들던 넓은 본가와 달리 줄넘기나 겨우 할 만한 좁디좁은 곳이었다. 드라마 〈응답하라 1988〉에 나오는 덕선이네 반지하 방의 미니미 버전이었다. 가스레인지를 사용하는 본가와는 달리, 나는 한 번도 본 적 없는 곤로에 불을 붙이려 애쓰는 언니의 모습이 마냥 신기했다.

지금 생각해 보면 너무나 현실성이 떨어진 언니의 모습을 기대했던 것 같다. 줄줄이 딸린 동생들을 위해 대학 진학도 포기했는데, 근사한 아파트에 살 것이라는 상상을 하다니.

큰언니가 본가에 들르는 날엔 가끔 도시의 문물을 들고 오는 날도 있었다. 나는 한 번도 가 본 적 없는 백화점에서 산 옷을 선물로 줄 때면 큰언니 최고,라고 외치며 고마움을 표시했다. 물론 세일에 세일을 거듭한 이벤트 상품들 속에서 눈에 불을 켜고 골랐을 거지만 힘들게 일해 받은 월급으로 동생들의 옷을 사 준 언니의 마음이 세월이 흘러서도 느껴진다.

이후 언니는 열세 살이나 차이 나는 막냇동생을 데리고 살며 엄마의 역할을 했다. 아이 셋을 키우면서도 작은 언니의 산후조리를 도맡아 하기도 했다. 갱년기 우울증으로 고생하던 엄마의 하소연을 수도 없이 들어주고, 집안 대소사 결정에 큰 역할을 했다. 지금도 친정집에 자주 드나들며 부모님을 보살핀다.

이런 언니가 하루는 맏이의 역할에 불만을 토로한 적이 있었다. 가족 연말 모임을 위한 식당을 결정할 때였다. 무조건 큰언니 의견에 따르겠다는 동생들의 말이 오히려 부담스럽다고 했다. 50여 년을 어깨에 짊어진 맏이의 짐을 내려놓고 싶다고 했다. 언니의 고생을 익히 알고는 있었지만, 이런 작은 것에도 부담을 느낄 거라곤 생각지 못했다. 그 후론 동생들이 먼저 의견을 제시한다. 이날 이렇게 할 건데 어떠냐는 식으로.

며칠 후면 설이다. 명절이면 작은 어머님께서 내게 항상 하는 말씀이 있다.

"역시 큰놈은 큰놈이여, 큰 며느리라 알아서 잘하는구먼."

이 말은 작은 놈은 작은 놈이니까 잘 못해도 괜찮은 투로 들렸다. 칭찬을 하고픈 작은 어머님의 마음을 알고는 있지만, 맏며느리의 역할을 강요하는 것 같아 달갑지 않게 들린다. 큰언니가 느꼈을 맏이의 부담감을 명절이면 조금씩 느끼게 된다. 월급을 털어 동생들 꼬까옷을 사 주던 언니에게 이번 명절엔 동생이 감사의 선물을 준비해야겠다. 쉰을 넘긴 언니의 나이가 조금은 편안했으면 좋겠다는 뜻을 담아서.

존재의 가치

뉴스에는 다양한 사건 사고가 있다. 그중 가장 눈길을 끄는 것은 남편과 비슷한 또래 남자의 사고이다. 불길 속에서 자녀를 구하고 대신 목숨을 잃거나, 묻지 마 사건으로 의도치 않게 세상을 떠나야 하는 일들을 보며 안타까운 죽음을 애도한다. 친정으로 향하던 길에 남편이 말했다.

"내년에도 내가 이 고속도로를 달릴 수 있을지 보장할 수 없어. 언제 어디서 어떻게 죽을지 모르니까."

또래 남자의 사고 소식을 접한 남편의 생각이었다. 물론 크게 의미를 두고 한 말은 아닐 것이다. 생각지도 못한 사고로 생을 마감하는 일이 심심치 않게 일어나기에 한 말이다. 그럼에도 내 곁에 남편이 없다는 상상을 하고야 만다. 어떻게든 살아가겠지만 쉽지 않은 여정일 것 같은 생각에 아찔하다. 남편의 부재에 대해 생각하다 어렴풋이 남아 있는 삼촌의 기억이 떠올랐다.

삼촌은 젊은 나이에 뇌종양 수술을 받았다. 수술 후 몸의 반을 마음대로 쓰지 못하는 후유증이 남았다. 그런 몸이었지만 어떻게든 살아가기 위해 애썼다. 농사일로 바쁜 부모님을 대신해 집안일을 돕고 몇 마리의 염소를 길렀다. 가끔은 산에 올라 꿩을 잡아 오기도 했다. 남천 나무를 이용해 꿩을 잡았는데, 열매에 쥐약을 넣을 땐 고사리 손을 빌리기도 했다. 다행히 병이 재발하지 않아 20여 년을 병원 도움 없이 살았다.

그런 삼촌이 갑자기 병원에 입원하게 됐다. 할아버지가 노환으로 세상을 뜬 다음 해였던가. 갑자기 기력이 쇠해진 삼촌은 혼자 걸을 수 없는 지경에 이르렀다. 병원 생활이 얼마 지나지 않아 삼촌은 다시 집으로 돌아왔다. 병원에서도 더 이상 손쓸 수 있는 게 없다고 했다. 임종을 준비하기 위한 조치였다. 집에서는 할머니가 삼촌을 돌봤다. 가래를 닦아내고 욕창 연고를 발랐다. 주말이면 여동생과 내가 할머니를 돕기도 했다.

삼촌 방이 바깥채여서 집 밖에 있는 화장을 사용할 때였다. 변을 보고 싶다는 삼촌을 양쪽에서 부축해 문밖을 나섰다. 체중이 많이 줄어든 상태였지만 여학생 둘이 성인 남자를 부축하기란 여간 힘든 일이 아니었다. 아슬아슬한 걸음으로 문지방을 넘었다. 혹여나 넘어지기라도 할까 봐 온 신경을 집중했다. 이마에는 어느새 땀방울이 송골송골 맺혔다. 신발을 신기고, 겨우 몇 걸음이나 움직였을까. 결국 화장실 가는 것을 포기했다. 더 움직였다가는 큰 사고가 날 것만 같았다. 삼촌에게 마당에 볼일을 보게 했다. 여자 조카들의 부축을 받아 변을 보는 삼촌은 너무나 수치스러운 상황이었겠지만 어쩔 수 없었다. 삽으로 흙을 떠와서 마당을 치웠다.

일요일 밤이었다. 부모님은 대구에서 생활하는 언니들과 남동생의 귀갓길에 동행하고 없을 때였다. 누워 있는 삼촌 옆에 앉아 텔레비전을 보면서 가끔 삼촌의 동태를 살폈다. 몸의 움직임은 하나도 없었고, 눈의 초점은 점점 흐릿해져 갔다. 처음 접하는 모습이었지만 생명의 끈을 놓아가는 중이라는 걸 단박에 알았다. 덜컥 겁이 났다. 큰언니의 삐삐에 8282 숫자를 넣어 호출했다.

"엄마, 삼촌이 곧 죽을 것 같아. 빨리 와."

삼촌은 다음 날 아침을 맞이하지 못하고 그대로 눈을 감았다. 큰 수술을 겪고도 20여 년을 무탈하게 살아오던 삼촌은 왜 갑자기 물 묻은 휴지처럼 옴짝달싹하지 못하게 되었을까. 어린 마음에도 할아버지를 따라간 것이 아닐까, 생각했다. 평생 의지하고 살아가던 이의 갑작스러운 부재에 삶의 의욕이 떨어져 버렸는지도 모른다. 할아버지를 따라간 곳에서는 아프지 않고 건강하게 살고 계실까.

소파에 기대 휴대폰을 보고 있는 남편에 대해 생각해 본다. 어제는 아이 훈육과 관련하여 약간의 의견 충돌이 있었다. 오늘은 야식으로 컵라면을 먹은 남편에게 잔소리를 쏟아 냈다. 가족이 한데 모여 시간을 보내고 싶지만, 남편은 퇴근 후엔 피곤하다며 혼자만의 시간을 갖길 원한다. 일부러 그러는 건지 무조건 나와는 반대 의견을 내는 듯하다. 내 편은 안 들어 주고 남의 편만 들어 준다하여 붙인 이름이 남편이라는데 딱 맞는 듯하다.

매번 티격태격하는 사이지만 남편이 갑자기 사라진다면 과연 나는 잘 살아갈 수 있을까. 성인이라 부르는 스무 살이 되고, 또 20년이 넘게 흘렀지만 나는 온전히 어른이라 칭하지 못하는 나약한 성인이다. 아마도 가까운 곳에 의지할 수 있는 남편이 있기에 더욱 부족한 사람으로 살고 싶은지도 모른다.

운전 중에 잡아보는 남편의 손은 세월이 준 굳은살로 가득하다. 꺼끌꺼끌한 손바닥이 꼭 아버지 손 같아 더욱 친근하다. 매일 서로에게 행복감을 안겨 주지는 못하지만, 존재만으로도 힘이 되는 사람이 남편이다. 부족한 면을 채워주고 이끌어 주는 남편이 있어 오늘을 살고 내일을 기다린다.

슬픔의 방문

하루는 삽교천에서 공방 수강생들과 야외수업을 하고, 또 하루는 도서관 수업 쫑파티 겸 수덕사 나들이를 다녀왔다. 요즘은 강의 두 달 전부터 스케줄을 조정하며 수업을 의뢰하는 이들도 많다. 일하는 게 재미있고, 나를 찾아 주는 이들이 이렇게 많아도 되나 싶을 정도로 바쁜 하루하루를 보내고 있는 중이다.

몸은 힘들지만 마음만은 재미나게 지내고 있을 즈음, 교통사고가 났다. 다행히 다친 곳은 없다. 경적 소리가 무기인 양 달려드는 덤프트럭이 즐비한 회전교차로에서, 옆에서 달리는 차를 보지 못하고 들이받았다. 승용차와 부딪혔으니 망정이지 화물차랑 사고가 났다면 아마 이 글을 쓰고 있지 못할 뻔했다. 상대방도 나도, 다친 곳이 없어서 애써 덤덤한 척했지만, 꽤나 충격이 컸었나 보다. 회전교차로를 돌아야 나갈 수 있는데, 다시 들어가는 게 쉽지 않았으니 말이다.

보험사에 사고 접수를 하고 강의 장소로 향했다. 한 시간이나 늦긴 했지만, 수강생들은 나의 안위를 걱정하며 자율 수업을 하고 있었다. 강의 장소가 도서관이니만큼 평소 일상을 잊지 않았다. 강의 후 지난주에 대출했던 책을 반납하고, 주말에 읽을 에세이를 대출해 집으로 돌아왔다.

다음날, 아이를 등교시킨 후 나만의 독서 지정석에 앉아 아침 독서를 시작했다. 별다른 이야기는 아니었는데, 눈물이 맺혀 글을 읽을 수 없었다. 책을 출판하고 친인척과 고향 어르신들에게 축하 인사를 받는 이야기와 엄마의 농사일을 도와주는 허리 굽은 이웃 할머니의 이야기였을 뿐이다. 왜 눈물이 나는 건지 알 수 없었다. 어제 일어난 교통사고 여파가 이렇게 다가오나 싶을 즈음, 또 다른 슬픈 생각이 몰려왔다.

결혼 후 한 아파트에서 10년을 넘게 살았다. 모든 아파트 살이가 그렇겠지만, 긴 시간 생활하면서도 이웃집에 대한 관심은 늘 미약하다. 오지랖이 넓지 않음을 탓해야 하나. 내가 살던 곳 옆집에는 중년의 부부가 살고 있었다. 그들에 대한 나의 관심은 '자녀가 없나? 왜 방문하는 사람이 아무도 없지?'뿐이었다. 물론 혼자만의 생각이었다. 궁금증을 겉으로 드러내는 일은 없었다. 아파트 산책길에 만난 아주머니는 생기 없는 얼굴로 스르륵 다가와 애써 웃음을 지으며 우리 집 어린이에게 간단한 인사를 건넨다.

"많이 컸다."

이야기를 이어갈 만큼 서로에 대해 아는 것이 없는 사이였다. 근데 그 아주머니가 이 우울의 끝에 갑자기 생각난 것은 지금과 같은 계절, 여름이 시작될 즈음 그분의 죽음을 목격했기 때문이다.

주말 아침, 늦잠에서 일어나 간단하게 요기를 하고 텔레비전을 시청하던 때다. 초인종 소리에 문을 열고 나갔다. 연락 없이 초인종을 누르는 사람은 예수님을 믿으라는 전도사들과 기름때가 잘 빠지는 마법 세제를 파는 이들뿐이라 항상 집에 없는 척을 하곤 했지만, 이 날은 꼭 나가 봐야만 하는 느낌이 들었다. 문을 열고 마주한 이들은 다름아닌 경찰이었다.

"새벽에 이상한 소리 못 들었어요?"

경찰의 방문은 공용 계단에서 옆집 아주머니가 사망한 채로 발견됐기 때문이다. 주변 탐문의 첫 시작이 옆집인 우리였던 게다. 질병이나 노환으로 죽음이 예정되어 있는 이들 외에 이렇게 갑작스러운 죽음을 목격하긴 처음이었다. 그것도 아주 가까운 곳에서 말이다. 주방에서는 공용 계단이 살짝 보인다. 호기심에 내다봤는데 그때 살짝 들춰놓은 가림막 사이로 피 흘린 아주머니의 다리를 보게 됐다. 혹시나 살인 사건일까 싶어 몰려오는 두려움도 잠시, 초여름 더위에 창문을 열고 생활하고 있음에도 불구하고 '왜 아무 소리도 듣지 못했을까' 하는 자책에 괜한 아파트 구조를 탓했다. 주말 아침 울린 경찰차의 사이렌 소리는 우리 옆집에서 일어난 사건을 처리하기 위해 달려오는 소리인지도 모른 채 주말의 느긋함을 즐기고 있었음을 원망했다. 텔레비전에서 나오는 인공 소음으로 생활 소음을 덮어버리고 나만의 세계에 빠져 살았다.

옆집 아저씨는 그 일이 있은 후 1년도 안 돼서 이사를 갔다. 후에 들은 이야기지만 아주머니는 우울증을 앓고 있었다고 했다. 많이 좋아진 상태라고 했는데, 음독을 시도한 것이다. 산책길에 만난 아주머니는 상담을 받고 오는 길이었다는 걸 한참이 지난 뒤에야 알게 됐다.

아침 댓바람부터 에세이를 읽고 우울감이 몰려온 건, 농촌에서보다 도시에서의 생활이 익숙해진 지금 가족보다 더 가까운 이웃사촌이라는 말은 시골 마을에서나 가능한 게 아닐까 하는 생각에서다. 우리 부모님 역시 다 출가한 자녀들보다 더 많은 시간을 이웃들과 함께 보내고 계시니 말이다. 혹시나 연로한 부모님이 갑작스레 사고라도 당한다면 고향 이웃들을 통해 들을 것임이 분명했다.

느닷없이 시작된 우울로 인해 그날 아침에 일어난 일들과, 아주머니의 상황을 미리 알아보지 못한 미안한 감정이 마음 한편에 다시 자라나기 시작했다. '나는 쓸모없는 이웃사촌이었구나.'

현대인의 생활상을 그대로 반영하는 나이지만, 부모님 곁에는 제대로 된 이웃사촌이 있었으면 좋겠다는 이기심이 넘쳐나는 날이다. 일에 집중하면서도, 잊었다고 생각했던 아주머니의 얼굴과 차가운 바닥에 누워 계시던 마지막 모습이 또다시 나타났다. 내가 할 수 있는 건, 그때도 그랬지만 지금 역시도 마음속으로 읊조려 보는 한마디 기도뿐이다. 부디 그곳에서는 아픔 없이 행복하기를. 그리고 부지불식간에 찾아온 나의 우울감이 얼른 떨어져 나가기를.

땅을 가지고 노는 일

계절의 시작을 알리는 입춘이 지난 지 며칠이나 됐지만 겨울은 돌아가기가 끝내 아쉬운가 보다. 새하얀 눈꽃을 흩뿌리며 아직은 자리를 내줄 수 없음을 알리고 있다. 입춘이 봄의 시작을 알리는 절기이긴 하지만 겨울잠 자던 동물들이 깨어나는 경칩이 되어야 진짜 봄임을 우리 모두 알고 있다. 며칠 전 부지런한 두꺼비 영상을 본 적이 있다. 겨울잠에서 일찍 깨어나 활동을 시작하려는데 내리는 눈에 어쩔 줄 몰라 하는 영상이었다. '일찍 일어난 새가 벌레를 잡는다'라는 격언이 있지만 시절을 잘 못 알고 일어난 두꺼비는 벌레 한 마리 잡아먹었는지 모르겠다.

개구리울음소리가 들리기 시작하면 어릴 적 동네 어른들은 더욱 바빠졌다. 논과 밭을 갈아엎고 물을 대기 시작했다. 한 해 쌀농사의 첫걸음이 되는 땅을 돌봤다. 겨울 동안 집안에서만 놀아야 했던 우리도 해방이라도 맞은 듯 놀이터로 향했다. 게임기도 장난감도 마땅치 않았던 그 시절 우리의 겨울은 유배살이와 마찬가지였다. 동네 어린이들이 약속이라도 한 듯 놀이터에 모였다. 놀이터에 나간들 놀거리가 딱히 많은 건 아니었다. 나무 아래에 세워진 그네와 시소, 뺑뺑이가 다였다. 그런데도 어떻게든 놀잇감을 찾았다.

우리가 찾은 놀잇감은 땅이었다. 굵은 모래는 걷어내고 그 아래

단단하게 자리 잡은 고운 입자의 흙을 찾아낸다. 뾰족한 돌을 이용해 흙을 파낸다. 바로 옆 냇가에서 길러 온 물을 조금씩 섞어가며 흙을 뭉친다. 어른들의 농사와 마찬가지로 우리들의 놀이에서도 물 조절이 관건이다. 밀가루 반죽을 하듯 너무 질어도 너무 되어도 안 된다. 그 적당한 지점을 찾기가 쉽지 않다. 황토 성질의 흙이 아니기에 뭉치는 게 여간 어려운 게 아니다. 잘 뭉쳐졌나 싶으면 한쪽에 금이 생기면서 이내 힘없이 바스라진다.

뭉쳐졌다 깨지기를 반복하면서 우리가 만들고 싶어 했던 것은 바로 흙 공이다. 깨진 부분에 물을 발라 보수하기도 하고 때로는 처음부터 다시 시작하며 흙이 뭉쳐질 때까지 도전한다. 덩어리로 뭉쳐진 흙을 요철 하나 없이 동글동글하게 만들기 위해 쓰다듬다 보면 겉면에는 아주 고운 입자의 흙이 날아갈 듯 공을 감싸고 있는 모양이 된다. 완성된 흙 공을 손바닥 위에 올려놓고 서로 자기의 흙 공이 더 예쁘게 나왔다며 감탄을 쏟아 낸다.

두어 시간을 정성 들여 만든, 감촉도 좋고 모양도 예쁜 흙 공의 쓰임은 딱히 없다. 땅에서 양질의 흙만 모아 별다른 재료 없이 공을 만드는 그 과정을 즐길 뿐이다. 흙 공을 만들기 전에는 그 땅에 나만의 건물을 짓기도 하고, 수로를 만들기도 했다. 몇 평 안 되는 땅에서 상상력을 키우며 놀았다.

해가 뉘엿뉘엿 질 때면 하나둘 집으로 돌아갔다. 엄마들은 아이들을 데리러 따로 놀이터로 나오지 않았다. 집 담장에 서서 목청껏 아이의 이름을 부르면 놀이터에 있는 아이가 대답한다. 그러고는 흙 공을 있는 힘을 다해 바닥에 내리친다. 정성을 쏟은 시간이 무색하게 바사삭 깨지며 흙은 원래 자리로 돌아간다. 냇가에서 더러워진 손을 씻어내면 알뜰살뜰 놀았던 오늘의 놀이도 끝이다.

그때의 우리는 참 순수했다. 흙과 물, 돌만 있으면 하루를 신나게 놀 수 있었다. 땅 위에 놓인 몇 안 되는 것들을 조합해 새로운 것들을 만들어 낼 줄 아는 어린이였다. 그 누구도 장난감을 사 달라 떼 쓰지 않았다. 어른들이 정성 들여 땅을 일군 것처럼, 땅에서 무언가를 만들어 내기 위해 애썼다. 그때 익힌 감각들이 지금 하는 일에 영향을 주었을지도 모른다. 주어진 재료로 만들고 그리고 했던 어린 시절의 행위를 몸이 기억하고 지금에서야 빛을 발하는지도.

그 시절 경상도는 눈 내리는 풍경은 텔리비전에서나 볼 수 있는 모습이었다. 지금 내가 살고 있는 곳처럼 눈이 많이 내리는 지역이었더라면 봄을 기다리지 않았을지도 모른다. 흐르는 콧물을 옷소매에 쓱 닦으며 어떤 놀이를 만들어 놀았을는지. 눈 내리는 땅 위를 휘젓고 다니는 우리를 상상해 본다.

흙과 꽃
둘만 있으면
하루를
신나게
놀 수 있었다

또 다른 여행

'죽기 전에'라는 말에 덜컥 겁이 났다. 넷째 딸 결혼식을 위해 경상북도에서 충청남도 당진을 다녀 간 아버지는 '멀긴 멀다'라는 짧고 간단한 소감을 남겼다. 그 후 10년이 넘도록 당진을 찾은 적이 없었다. 딸들이 돌아가며 '해옥이네 집에 한 번 가 보자'며 매년 설득해도 꿈쩍도 하지 않았다. 그런 아버지가 "죽기 전에 넷째 딸 집에는 한 번 가봐야지"라며 먼저 여행을 제안했다. 평생 짓던 농사를 그만두기는 했지만 매일 빼먹지 않고 파크골프를 즐기시고 건강을 위해 담배까지 끊으신 아버지의 입에서 나온 말이 '죽기 전에'라니.

어느 정도 나이가 들면 자신의 죽음을 미리 예견할 수 있을까. 남편은 말한다. 사고사가 아니라 자연사로 죽고 싶다고. 마음의 준비라도 할 수 있으면 좋겠다고. 자연스럽게 죽음과 가까워지는 나이가 되어도 우리의 삶과 죽음은 예견한 대로 움직일 수는 없다. "늙으면 죽어야지"를 입에 달고 살면서도 90이 넘게 장수하는 어르신을 여럿 봤다. 우리 할머니도 그랬다.

아버지가 당진에 다녀간 지 1년쯤 지나서였다. 아버지는 폐암 선고를 받았다. 발병된 지 6개월쯤 됐는데, 암이 커지는 속도가 너무 빠르다고 했다. 다른 장기가 손상을 입을까 봐 수술은 안 된다고 했고, 항암치료는 아버지의 몸 상태로는 버티지 못할 것이라고 했다.

차선책으로 선택한 방사선 치료는 효과가 없었다. 더 이상 할 수 있는 게 없어서 임상 치료 약으로 버티고 있다.

힘든 항암치료를 하지 않아서일까. 평소와 다를 바 없는 아버지의 모습에 위안을 받곤 한다. 약의 부작용도 크게 없고 식사도 잘한다고 했다. 멀리서 넷째 딸이 찾아가도 정해진 시간이 되면 파크골프를 치러 나가신다. 명절에도 예외가 없다. 노년에 재미난 취미생활을 찾으신 게 다행이라 생각했다.

하지만 지난주에 만난 아버지의 모습은 조금 달라져 있었다. 얼굴이 부은 듯한 모습이었다. 당신은 "살이 쪄서 그렇다"라고 말씀하셨다. 양말목에 눌려 쉽게 회복되지 않는 발목과 높게 솟은 발등을 봐서는 살이 찐 게 아니라 분명히 부은 것이 맞다. 신발 신는 것도 불편하다고 하셨다. 시한부 선고를 받고도 평소와 같은 모습에 안심하고 지냈는데, 아버지의 변한 외형에 암 환자라는 사실이 실감이 났다. 구부정하게 걸어 나가시는 아버지를 보면서 젊었을 때의 아버지를 떠올려 본다.

어느 날부터인가 아버지는 매일 밤 운전면허 필기시험 문제집을 붙들고 살았다. 보고 또 봐도 돌아서면 도통 기억이 나질 않는다고 했다. 꾸벅꾸벅 졸면서 조금씩 암기해 나갔다. 문제집이 너덜너덜해지도록 보고 또 봤다. 인지 붙일 자리가 더 이상 없어질 즈음이 되어서야 아버지는 운전면허를 취득했다. 그 후로 윤기가 흐르는 트럭 한 대가 우리 집 마당을 드나들기 시작했다.

트럭을 구입하기 전까지 아버지는 오토바이를 운전하고 다니셨다.

높고 무거운 오토바이 운전에도 사고 없이 다니는 모범 라이더였다. 뒷자리는 동생과 나의 전용석이었다. 등교 시간이면 하던 일을 멈추고 딸들의 기사 노릇을 하셨다.

"공주들. 학교 가야지."

등교 시간에 늦지 않게 재촉하는 것도 아버지 몫이었다. 경상도 남자답게 다정한 말 한마디 건네는 일은 없었지만, 딸들이 사춘기가 되어도 아랑곳하지 않고 공주라는 호칭으로 불러 애정을 표현했다. 아버지의 입을 통해 내 가슴으로 들어온 공주라는 애칭이 전혀 싫지 않았다. 지금도 아버지의 공주로 남고 싶은 마음이 크다.

칼바람이 불던 겨울에도 아버지의 오토바이 뒷좌석에 앉았다. 채 말리지 못한 머리카락이 고드름처럼 얼어붙고 얼굴이 붉어지기 시작하면 바람을 피해 아버지 등에 얼굴을 파묻곤 했다. 사방이 뚫린 오토바이지만 뒷자리에 앉은 딸들에겐 아버지라는 큰 바람막이가 있었다. 그래서인지 코끝이 시리는 한겨울이었지만 전혀 춥지 않았다. 10분가량 이어지는 등굣길에 맞는 바람은 세상에 발을 내딛는 우리들의 온기를 뺏어 갔지만 아버지 등을 통해 다시 온기를 채울 수 있었기에 힘이 났다.

아버지에 기대어 살아오다 보니 어느새 오토바이를 운전하던 아버지의 나이가 됐다. 나는 칼바람을 막아줄 넓은 등을 가지고 있는가. 앞장서서 덩굴 숲 사이를 헤치며 길을 터 줄 용감한 정신력을 키

웠는가. 장성한 어른이 되었지만, 아버지 앞에서는 아직 한없이 작은 어린 공주다. 아버지에게 따뜻한 온기라도 나누어 주고 싶은데 이제 시간이 얼마 남지 않았음을 느낀다. 오토바이를 타며 전해 받은 온기를 내가 아버지에게 전해 줄 때다.

아버지는 돌아오지 못할 긴 여행을 준비하고 계신다. 본디 여행이란 여행을 준비하며 느끼는 행복감부터 시작된다. 아버지는 다음 여행을 기대하는 행복감은 느낄 수 없겠지만 되돌아봤을 때 이번 여행이 꼭 다시 오고 싶은 여행으로 남기를 빌어본다. 딸이 전해 준 온기로 가는 길이 부디 춥지 않기를 바라며.

뒷자리에 앉은
딸들에겐
아버지라는
큰바람막이가
있었다

제3부

그때, 그리고 나

도토리 한 알

밤새 뒤척였다. 가족들과 함께한 여행에 즐거운 하루를 보내고 잠자리에 들었는데 이유를 알 수 없는 불편함 때문에 깊은 잠에 들지 못했다. 큰 형부의 코골이도 나무 막대기 같은 공용 베개도 이유가 되지 않았다. 침대가 아닌 바닥이 주는 불편함을 감안하더라도 숙면을 방해하는 원인을 찾을 수 없었다.

다음 날 아침, 주머니에 손을 넣어본 후에야 겨우 이유를 알게 됐다. 어제 산책에서 반짝반짝 빛을 내뿜던 예쁜 도토리 한 알을 주워 바지 주머니에 넣었는데 그대로 잠자리에 들었다는 걸. 몇 시간 지나지도 않아 도토리의 존재를 까마득히 잊은 나는 숙면에 들지 못하는 원인을 찾아 헤맸다. 욕심내어 숙소까지 데리고 온 도토리는 자신이 있을 자리가 아니라는 듯 밤새 시위했다. 자신의 존재를 줄기차게 외치던 도토리는 아침이 밝자마자 결국 자연으로 돌아갔다.

어린 시절, 자연은 우리에게 아무런 대가를 바라지 않았다. 무엇을 가져가든 너그러이 바라만 봐주었다. 동생과 나는 계절이 가득 담긴 것들을 집에 들여다 놓고 싶어 산과 들을 헤집고 다녔다. 진달래는 가지째 꺾어와 화병에 꽂아 뒀고, 예쁜 솔방울들만 골라 와 화분을 장식하고 놀았다.

크리스마스를 앞둔 어느 날, 연일 방송에 노출되는 트리의 모습을 보고는 우리 집에도 크리스마스트리를 장식해 두고 싶었다. 동생과 나는 삽을 어깨에 짊어지고 소나무를 직접 구하러 나섰다. 내 키보다 크지 않은 것, 화분에 심을 수 있는 것, 가지가 가지런히 나 있는 것, 조건에 딱 맞는 소나무를 찾기란 쉽지 않았다. 산에는 소나무가 널려 있는데 죄다 큰 소나무뿐이었다.

한참을 헤맨 뒤에야 마음에 드는 소나무를 찾을 수 있었다. 어린 이들이 다루기에는 큰 삽이었기에 깨작깨작 흙을 파냈다. 지금껏 아무 부담 없이 모든 걸 가져왔었는데 이때는 혹여 산 주인이 나타날까 봐 조마조마했다. 아기 소나무는 그해 겨울 반짝이는 옷을 입고 가장 화려한 연말연시를 보냈다. 아쉽게도 몇 달 만에 솔잎의 색을 바꾸어 땔감 신세가 되기는 했지만.

어느 가을날엔 갈대를 한 아름 꺾어 왔다. 화병에 꽂아 책상에 올려 두고는 솜사탕 같은 풍성함에 감탄하곤 했다. 며칠 후 저녁, 할머니 방에서 시간을 보내고 있을 때였다. 다급하게 주방으로 향하는 동생의 모습에 문을 열고 나가 보았다. 그때 바라본 우리 방의 모습에 잠시 충격을 받아 말을 잇지 못했다. 책상에 올려 둔 갈대가 활활 타오르고 있었다. 높게 솟아오른 불길은 천장으로 옮겨붙고 있었다. 주방을 오가며 물을 날랐다. 걱정과는 달리 쉽게 불길은 잡았지만, 흥건한 바닥을 치우는데 더 많은 시간이 걸렸다.

그날 이후 천장엔 동그란 구멍이 뚫렸다. 동생은 갈대가 타서 없어져 버리는 속도가 궁금해서 불을 붙여봤다고 했다. 부모님께 혼날 게 걱정되어 혼자 꺼 보려 했단다. 조금만 더 늦었더라면 집을 다 태워버릴 뻔한 아찔한 순간이었다.

지금 생각해 보면 그냥 그대로 자연에 두었더라면 몇 년이고 더 아름다움을 뽐냈을 것들을 참 많이도 집으로 들여왔다. 잠자기 전 꼭 안고 자는 애착 인형처럼 항상 내 곁에 두고 보면 더 예쁠 것이라고 생각한 어린 날이었다.

얼마 전, 집 앞 공원 산책에 나선 때였다. 잎과 함께 떨어진 상수리나무의 열매를 보고는 나도 모르게 손이 간다. 모자를 쓰고 있는 도토리는 자주 볼 수 없어서 갖고 싶은 마음이 샘솟는다. 집으로 가져간다면 다람쥐의 겨울 양식도 되지 못한 채 쓰레기통으로 들어갈 게 뻔하다. 사진 한 장을 남기고 원래 있던 곳에 사뿐히 내려놓는다.

도토리가 유독 예뻐 보이는 이유는 낙엽이 흩날리는 계절의 숲 한가운데에 있었기 때문이다. 사람이든 물건이든 마땅히 있어야 할 곳에 있을 때 가장 아름다운 법이다. 도토리는 예쁜 통에 담겨 서랍 속으로 들어가는 것보다 낙엽 속에 파묻혀 겨울을 보내는 것이 가장 아름답다. 자기 자리를 지키며 그늘을 내어주는 소나무처럼.

사람이든 물건이든
마땅히
있어야 할곳에
있을 때
가장 아름다운
법이다

기억 저편의 그녀

"우리 학교 다닐 때 그 선배 기억나?"

오랜만에 만난 친구가 묻는다. 이름은 물론이고 사진을 보여줘도 모르는 사람이다. 나에게 좋아한다고 고백한 선배의 이름도 기억이 안 나고, 내가 좋아한 선배의 성이 이 씨였는지 허 씨였는지도 헷갈리는데, 잠시 스쳐 지나간 선배를 기억할 리 없다.

만남을 이어가지 않는 사람에 대한 정보는 어느 정도 잊어버리고 산다. 불필요한 정보들로 뇌가 과부하가 걸리지 않게 미리 예방하는 차원이다. 결코 기억력이 나빠서라고는 말하지 않는다. 정보를 저장할 수 있는 뇌의 기억 저장소를 살짝 비워놓고 사는 게 나의 특기인 것 같다.

몇 시간 동안 이어진 대화에서 대학 시절 어울려 다녔던 그녀에 대한 이야기가 나왔다. 우리가 가진 스펙으로는 감히 엄두조차 내지 못했던 대기업에 입사했지만, 부족한 영어 실력과 지방대 출신이라는 따돌림에 몇 년 만에 회사를 그만두고 뉴욕으로 어학연수를 떠났다고 한다. 그 후 한국으로 돌아오지 않고 뉴욕에 살면서 미국 영주권을 획득한 당찬 인생을 살고 있는 그녀.

새로운 도전을 두려워하지 않는 용기에 무한한 박수를 보낸다. 대기업에 취업했다는 소식을 들었을 때는 부럽기까지 했다. 하지만 지방 출신이 연고 하나 없는 서울에 정착하기도 어려운 마당에 언어가 다른 국가에서, 그것도 물가가 비싸기로 유명한 뉴욕에서 살아가기란 얼마나 고달플까. 생활을 직접 들여다보진 않았지만, 안쓰러운 마음이 앞선다.

다른 친구를 통해 전해 들은 이야기로는, 오랜 타지 생활로 인해 향수병에 걸린 건지 한국에 다니러 올 때 친구들을 만나고 싶다고 했단다. 우리들의 의사가 어떤지 물어왔다. 특별히 그녀에 대한 나쁜 기억은 없으니 거절할 이유도 없겠지만 만나고픈 친구 영역에 나도 끼어 있음에 놀랐다. 20여 년 동안 연락하지 않던 친구들에게 만남을 요청하는 그녀의 마음은 어떠한지 궁금해지는 하루다.

지금껏, 그녀와는 졸업을 하며 자연스레 멀어졌다고 생각했다. 취업을 위해 그녀는 서울로 떠나고 난 고향으로 돌아갔으니 말이다. 더군다나 같은 전공도 아니었기에, 몇몇 친구들과 두루두루 어울려 지내는 단순히 그런 사이라고 생각했다. 그녀와 내가 친분이 두텁다고 생각지 않았기 때문에 잊고 지냈던 것 같다.

전해 들은 이야기에 따르면, 친구가 몇 없는 그녀에게 나는 어느 정도 존재감이 있는 사람이었다고 한다. 어떤 주제로 대화를 나누던 중, 나의 의견에 그녀가 상처를 받는 바람에 다음날 문자로 절교 선언을 했다고 한다.

물론 난 기억이 나질 않는다. 이건 전후 사정을 모두 알고 있던 다른 친구의 기억이다. 절교 선언을 받은 나는 "중학생도 아니고 '우린 이제부터 절교'라고 보내는 게 웃기지 않냐?'하고 다른 친구에게 문자 내용을 복사해서 보내었단다. 황당하긴 했지만, 깊게 생각하지 않았던 걸 보면 별일 아닌 듯 지나갔나 보다.

그녀는 엄마가 미용실을 운영한다고 했지만, 올림머리 헤어스타일을 고수하며 한 번도 변화를 준 적이 없었다. 또 모양이라고는 하나 없는 검은색 옷을 즐겨 입었던 탓에 크게 눈에 띄지 않던 학생이었다. 나처럼 고향을 떠나 대학에 다니는 시골 출신이지만 꼭 서울깍쟁이 같던 외형을 갖고 있었다. 보이는 외형과는 달리, 고추장을 잔뜩 넣은 새빨간 김치볶음밥을 맛있게 만들어 자취방에서 함께 먹던 소박한 모습이 기억 저편에 있다.

연락을 끊게 된 과정은 다 잊어버렸고, 함께 지낸 좋았던 기억만 남아 있다. 좋지 않은 기억력이 오히려 좋은 결과를 낳았다. 과거의 기억은 희석되고 미화되기 마련이다. 나에게 절교를 선언한 친구이지만, 그녀가 불러준다면 바로 뛰어갈 수 있을 것 같다. 절교의 기억이 전혀 나질 않으니 문제 될 게 없다.

오랜만에 듣게 된 그녀의 소식에 버려두었던 기자정신이 살아나는 건지, 파란만장하게 살아온 삶의 이야기가 듣고 싶어진다. 만남의 이야기를 글로 남겨 놓으면 이번엔 20년이 지난 뒤에도 잊어버리지 않을 거 같다.

삶을 돌아보니 편지 한 통으로 절교를 하고, 문자 한 통으로 절교를 당하는 심심치 않은 청춘을 보낸 것 같다. 친구들과 어울려 놀며 스트레스도 풀고 좋은 기억도 쌓을 수 있는 20대에 절교로 여러 친구를 잃는 와중에도 웃음을 잃지 않은 이유는, 절망 사이사이에 놓인 행복을 찾기 위해 힘썼기 때문이리라. 절교는 했지만, 새로운 인연과의 만남에 들떠 즐거워하던 나의 청춘. 안 좋은 기억은 빨리 잊어버리고, 신나는 이야기를 찾으며 지내는 긍정적인 성향 덕에 오늘도 걱정이 없다.

미국 저널리스트 캐롤 터킹턴은 '좋았다면 추억이고 나빴다면 경험이다'라고 말했다. 절교의 기억이 남아 있다면 경험이라 말하겠지만, 좋았던 기억 사이에서 기지개를 켜지 못하고 웅크리고 있는 절교는 내 청춘의 좋은 추억이 되었다.

그해 시내

최근 시청하게 된 숏폼에서 충격을 받은 영상이 있다. 바로 '시내'가 주제인 영상인데, 서울 사람들은 시내라는 말을 쓰지 않는다고 한다. 고향엔 읍내라 칭하는 곳이 있고, 지금 살고 있는 당진은 구터미널이 있었던 자리를 시내라 한다. 이렇듯 영상에서도 서울 외 지역 사람들은 무조건 시내라고 명명하는 곳이 있었지만, 서울은 시내라는 단어를 쓰지도 않거니와 시내라 칭할 장소가 없다고 했다.

백영옥 산문집 『곧, 어른의 시간이 시작된다』에는 다양한 모습의 서울이 등장한다. 살던 집, 작업실, 친구들을 만나던 장소, 사라지는 가게 등 줄기차기 등장하는 서울이지만 마지막 페이지를 넘길 때까지 시내라는 말은 단 한 번도 나오지 않는다. 명륜동, 삼청동, 명동, 한남동, 연희동 등 동네 이름으로 표현할 뿐이었다. 역시 책보다는 직접 알아보는 게 믿을 만하겠다. 최근에 사귀게 된 서울 사람에게 물어봐야겠다. 서울은 시내가 진짜 없는지.

아무튼 20여 년 전 그날 아침, 나는 시내에 나가기 위해 집을 나섰다. 대학 졸업식을 하루 앞두고 새 옷을 장만하기 위해서다. 대구광역시 사람들은 지하철 중앙로 역 인근 동성로를 콕 찍어 시내라 칭한다. 그렇기에 시내에 가장 빨리 도착할 수 있는 방법은 지하철을 이용하는 것이다.

지하철 역사는 한산했다. 평일 오전이라 이용객이 별로 없는 것이라 생각했다. 한산했던 이유는 갑작스러운 지하철 운행 중지였다. 정확한 이유조차 밝히지 않은 운행 중지에 당황하긴 했지만, 지하철이 안 되면 버스나 택시를 타고 가면 된다. 시내가 아니더라도 옷 가게는 많다. 그렇지만 시내에서만 느낄 수 있는 정취가 있기에 발걸음을 쉽게 돌릴 수 없다.

시내는 활기찼다. 한껏 꾸미고 나온 사람들로 붐볐다. 카페에 앉아 사람 구경만 해도 재미있는 곳이 바로 시내다. 영화관과 백화점, 미용실, 다양한 상점 등이 끝도 없이 늘어서 있다. 이곳은 친구와의 만남, 쇼핑, 유흥을 즐기기 위해 많은 이들이 찾는 곳으로 언제나 행복한 웃음으로 가득 찬 곳이다.

하지만 그날의 시내는 조금 달랐다. 동성로의 정취에 한껏 취할 즈음 솟아오르는 연기를 목격했다. 지나가는 소방차 몇 대가 보였지만 소방관들의 활약을 믿으며 원래의 목적에 충실하기로 했다. 거리를 오가는 무리에 휩쓸리기도 하고, 여러 상점을 드나들며 옷을 골랐다. 빛나는 별 모양의 귀걸이도 충동구매했다.

그날 저녁, 텔레비전을 켜지 않았다면 중앙로 역의 참상을 알지 못할뻔했다. 내가 타려고 했던 지하철, 그리고 목적지에서 대구지하철 화재 참사가 일어났다. 검게 치솟는 연기, 역사를 겨우 빠져나와 주저앉은 시민들, 바삐 움직이는 소방관들. 2003년 2월 18일 방화로 인해 192명이 사망하고 148명이 부상을 입었다. 사망자들의 신원확인을 하는데도 오랜 시간이 걸렸다. 모든 게 타버린 나머지 신원불명의 시신도 여러 구 나왔다.

친구와의 만남 또는 쇼핑, 유흥을 즐기기 위해 찾는 곳 시내. 매일 사람들로 북적이는 그곳이 누군가에게는 인생의 마지막 종착역이 되어 버렸다. 가슴 시린 눈물이 가득한 그곳을 나는 한동안 찾지 않 았다.

언론에 대서특필된 큰 사고였지만 흐르는 시간 앞에서는 기억이 흐릿해지는 것을 막을 수 없다. 나에게도 일어날 수 있었던 그날의 일들이 자꾸만 멀어져 간다. 원치 않는 사고로 하늘의 별이 된 그들 의 기일을 며칠 앞두고 그날의 참상을 다시 한번 되새겨 본다. 남은 가족들은 그럭저럭 살아가겠지만 절대 잊히지 않는 아픔을 가슴에 품고 있을 것이다.

저마다 슬픔을 안고 가는 이들이 있다. 큰 힘이 되지는 못할지라 도, 잊혀가는 이야기를 조금이나마 기억해 주는 사람으로 살고 싶 다. 내가 할 수 있는 건 그들의 평안을 비는 일일뿐이지만. 이따금 안부를 물어봐 주는 사이라면 더할 나위 없이 좋겠다.

20여 년이 지난 지금, 그날에 나를 데려다 놓아본다. 봄비가 예보 된 오늘의 하늘이 그날의 연기로 가득 찬 듯하다.

이따금
안부를 물어봐주는
사이라면
더할 나위 없이
좋겠다

분수쇼

1년 중 마음먹고 술을 마시는 날은 캘리그라피 동아리 회원들과 함께하는 송년회 자리이다. 주 1회씩 얼굴을 보는 사이긴 하지만 얼마나 건전한 모임인지 회의나 자료 공유만 하다 헤어지는 일이 다수다.

지난해 송년회에서는 자신이 마실 주류를 챙겨와 원하는 만큼 마시기로 했다. 술이 안 맞는 회원은 커피로 대신했다. 아파트 게스트하우스를 빌려 몇 가지 배달 음식을 시켰다. 나는 선물로 들어온 와인 두 병 중 한 병을 챙겨갔다. 배달 음식과 함께 맥주, 소주, 와인, 커피를 테이블에 올려놓고 한 해의 마지막을 기념했다. 맘먹고 마셔보자고 나온 자리이지만 와인 두 잔에 바로 취기가 올라왔다. 대학교 입학 후 처음 마신 소주에 휘청거리던 그날처럼 말이다.

학부 선배들과 첫 만남이 있던 날이었다. 대학 모임에서 술이 빠지면 섭섭할 만큼 술 문화가 전성기를 달릴 때였다. 이전까지 귀밝이술이나 수능 백일주 외에는 제대로 술을 마셔본 적이 없었기에 주량을 알 리 없었다. 선배들이 권하는 술을 홀짝홀짝 마셨다. 금세 얼굴이 달아올랐다. 붉어서 터질 것만 같은 얼굴색에 술잔 돌리기가 멈췄다. 적당한 선에서 1차가 마무리됐다.

얼굴색을 보니 후배를 혼자 집에 보냈다가는 큰일 날 것 같은 모양이다. 집이 같은 방향인 선배 둘과 동행했다. 막차에 몸을 실었다. 하나 남은 의자에 나를 앉히고 선배 둘이 에워쌌다. 10여 분쯤 지났을까. 울렁거리는 위장이 자꾸 몸을 일으켰다. 내리지 않으면 버스에서 큰일을 치를 것만 같았다.

"여기 산업공단 한가운데야. 이 버스가 막차인데 내리면 택시 잡기도 어려워. 조금만 더 참아보자."

선배들은 자꾸만 내리려는 나를 잡아 앉혔다. 몇 번의 시도가 선배들한테 막히자 결국 버스의 창문을 열었다. 만화의 한 장면처럼 토사물이 가로로 휘날렸다. 버스 뒤를 따르는 차량이 있었는지는 모르겠다. 있었다면 정말이지 죄송할 따름이다.

이후에도 이어진 몇 번의 술자리 후 알게 됐다. 술을 마시면 얼굴은 불타는 고구마가 되고 구토가 동반된다는 사실을. 버스에서의 분수 쇼 이후 음주로 인해 동반되는 구토는 혼자 조용히 처리하곤 했다. 겉으로 보기엔 고주망태처럼 보이지만 구토 후에도 정신은 멀쩡해서 차츰차츰 주량을 늘려 갔다.

회사 생활 중에도 함께 어울리던 술친구들이 있어 퇴근 후에도 한참을 어울려 다니곤 했다. 살얼음 낀 소주 한잔을 들이키면 실연의 아픔은 금세 사라졌다. 낮에 있었던 회사 일들은 내일이면 다 해결될 것만 같은 기분이었다. 취기를 빨리 올리기 위해 소주에 맥주를 더한다. 부드러운 목 넘김에 술이 이래 달아도 되나,를 연발하며 오늘도 거하게 취할 예고를 한다. 다음날 사무실 계단을 오를 때 난간을 잡지 않으면 힘들 것이라는 걸 알면서도 오늘만 살 것처럼 마셔댔다.

그렇게 좋아하던 술자리가 결혼과 함께 멈춰 버렸다. 아는 사람 하나 없는 당진에 자리를 잡은 데다 집에서 마시는 술은 꺼려 했던 탓에 술 마실 일이 없어졌다. 결국은 대학 신입생의 주량으로 다시 돌아가 버렸다.

냉장고에는 선물 받은 나머지 와인 한 병이 1년이 다 되도록 자리를 지키고 있다. 술자리가 끊겨 비음주인이 되었지만, 술자리가 주는 기쁨 대신 촘촘한 일상에서 작은 행복을 찾는 법을 익혔다. 술은 캠핑 가서 마시는 맥주 한잔이면 충분하다.

작업실 오픈 기념으로 받은 화분들 중 유일하게 살아남은 무늬 크로톤을 살뜰히 돌본다. 더 이상은 잃지 않겠다는 마음가짐으로. 우리 집 어린이가 만들어 주는 머랭으로 달콤함을 더하고, 창밖 우듬지에 앉은 새 이름을 알아보기 위해 휴대폰의 기능을 익힌다. 하나둘 모인 일상은 결국 내가 될 테니 수건을 개키듯 차곡차곡 쌓아 둔다.

하나둘모인 일상은
결국 내가 모을 테니
수건을 개키듯
차곡차곡 쌓아둔다

빨래로 털어버리는 것

얼마 전, 10년 가까이 쓴 탓에 낡아버린 장지갑을 버리고 작은 지갑을 새로 구입했다. 지갑을 바꾸게 되면서 빽빽하게 꽂혀 있는 카드와 쿠폰 정리에 나섰다. 자주 쓰는 신용카드 한 장은 휴대폰 케이스에 넣고, 도서관 회원증, 모임 카드는 지갑에 넣어둔다. 우리 집 어린이 이름으로 발급해 놓은 지역 교통카드는 주인에게 넘겨준다. 모아 두면 언젠가 쓸 일이 있다고 생각했던 카페나 식당 쿠폰은 쓰레기 통행이다. 이제는 우리 집 어린이가 출입하기 민망한 키즈카페 쿠폰을 왜 아직 가지고 있는지는 의문이다. 정말 다양한 카드들이 줄줄이 나온다. 그중에서 언제 마지막으로 쓴지도 기억 안 나는 빨래방 기프트 카드의 등장은 어린 시절 빨래에 대한 추억을 떠올리게 했다.

대청소가 있는 날이다. 현관문 한쪽에 묶은 끈을 바깥채까지 끌어와 연결한다. 무게를 못 이겨 바닥으로 처질 수 있으니 마당 가운데엔 내 키보다 훨씬 큰 나무 막대기를 준비해 둔다. 그리고는 무거운 겨울 이불을 들고나온다. 앞이 보이지 않아 낑낑거리면서도 용케 빨랫줄을 찾아 널어놓는다. 미리 준비해 둔 막대를 받쳐 처진 빨랫줄의 키를 높여 준다. 빨래 방망이나 다듬잇방망이를 준비하면 파티 준비 끝.

‘준비 시~작’ 구호와 함께 이불 털기 파티가 시작된다. 홈런을 기원하듯 방망이로 사정없이 이불을 때린다. 사방으로 뿜어져 나오는 먼지에도 불구하고 입을 크게 벌려 ‘와~’ 소리를 지른다. 햇빛 속으로 걸어가는 먼지가 더 빨리 사라지길 바라는 마음에 방망이질로 등을 떠민다. 여동생과 나는 가끔 이불 털기로 에너지를 분출했다.

더 어릴 땐 집 앞 시냇가에 앉아 엄마 흉내를 냈다. 빨래를 하고 싶었는데, 부지런했던 엄마 덕에 내가 빨 수 있는 건 걸레뿐이었다. 결국은 빨랫줄에서 이미 다 말라가는 양말 몇 켤레를 챙겨와 다시 빨았다. 비누칠을 하고 몇 번을 헹군 뒤 널었다. 제대로 짜지 못해 물이 뚝뚝 떨어지던 양말은 며칠은 더 빨랫줄 신세를 졌다.

시냇가의 빨래터는 가끔 동네 아줌마들의 모임 장소가 되기도 했다. 시어머니 이야기, 남편 이야기를 하며 기분 나쁜 일이라도 있는 듯 연신 방망이로 빨래를 두들겼다. 씩씩거리며 두들기다 언제 그랬냐는 듯 웃음소리가 넘쳐난다. 아줌마들은 시집살이의 서러움을 토해내기 위해 빨랫방망이를 두들겼을지도 모른다. 빨래가 햇볕에 바삭하게 마르는 동안 축 처진 마음도 함께 마르길 빌었을 것이다.

동생과 나 또한 시골에서의 답답함을 이불 털기로 날려 버렸다. 학교, 집, 학교, 집만을 반복하던 생활에 뭔가 새로운 활력소가 필요했다. 이불에서 떨어져 나온 먼지가 되어 더 넓은 곳으로 나아가길 바랐다.

요즘은 세탁기와 더불어 건조기가 보편화되면서 손빨래는 물론이고, 이불을 터는 일마저 기계가 대신해 주고 있다. 동생과 나의 놀이 문화는 기계문명의 발달로 기억 저편으로 사라졌다. 세탁기가 빨아

주고 건조기가 말려 주어서 세탁에 들이는 수고는 덜었지만 빨래를
말리는 데는 아직도 햇빛과 바람만 한 게 없다는 생각은 바뀌지 않
았다.

축축한 마음을 환기해 줄 재미있는 영상이나 온라인 게임이 넘쳐
나지만, 햇살 좋은 날이면 부러 밖으로 나간다. 초록이 무성하고 바
람이 잘 부는 넓은 곳을 찾는다. 길고 높게 빨랫줄을 묶고 믿었던
사람에게 상처받은 여린 마음, 일을 제대로 처리 못한 힘든 마음, 아
픈 가족 걱정에 지친 마음을 하나하나 꺼내 널어 본다. 곪고 곯아
새까맣게 변한 마음은 비누를 가득 묻혀 방망이로 힘껏 두들겨 본
다.

가만히 있지 못하는 바람이 계속해서 불어와 볼을 스친다. 한겨
울에 마시는 커피의 온기처럼 따스한 햇볕이 축 처진 마음을 뽀송뽀
송하게 말려 준다. 한껏 가벼워진 마음에 까무룩 잠이 들었다 깨어
난다. 축 처져 흐트러져 있던 마음이 바삭하게 말라 제자리를 잡았
다. 아, 개운하다.

야당

나의 20대 주말 문화는 야당이었다. 미리 말하지만, 정치 이야기는 아니다. 두꺼운 외투가 거추장스러워지기 시작하는 계절이면 달려가야 할 곳이 바로 그곳이다. 1만 평의 잔디밭이 기다리는 곳, 바로 야외음악당이다.

돗자리 하나 들고 사람들과의 거리가 적당히 너른 곳에 가서 자리를 잡고 앉는다. 초록의 잔디와 나무만 쳐다보고 있어도 눈이 맑아지는 느낌이다. 하늘에 예쁜 구름이라도 떠 있는 날이면 살랑살랑 기분이 더 좋아진다. 여러 사람이 모이는 곳에 왔으니, 먼저 사람 구경에 나서본다. 음악을 들으며 책을 읽는 사람, 친구들과 게임 삼매경에 빠진 사람, 담요를 덮고 낮잠에 빠져든 사람, 걸음마를 시작한 아기를 쫓아가는 엄마 등 각양각색의 사람들을 보며 다음에 방문할 때 무엇을 하면 좋을지를 생각한다.

햇빛이 막 쏟아지기 시작한 5월에는 무대에서 멀리 떨어진 나무 그늘 밑에 자리 잡았다. 야외음악당은 대구에서 규모가 제일 큰 공원 내에 있기 때문에 아는 사람을 만나기란 쉽지 않다. 근데 자리를 잡고 앉을 때마다 기다렸다는 듯 아는 채를 하는 사람이 있다. 심지어 한둘이 아니다. 너른 곳에서도 주문자를 찾아 신속 배달해 주는 라이더들이다. 고민은 뱃속 허기짐만 가속화시킬 뿐. 어느새 나는 전화기 버튼을 누르고 있었다.

"야당 무대 왼쪽에 있는 나무 밑으로 양념통닭 한 마리요. 전화 주시면 우산 펴고 있을게요."

주선자 없는 1대1 미팅에 나서듯 라이더와 인상착의를 나눈 후 배달 음식을 받아 든다. 이거 먹으러 야당에 나오지,라며 좋아하는 순살 부위를 집어 든다.

뜨거운 여름을 보내고 가을에 찾은 야당의 배달 문화는 변화를 맞이했다. 자리를 잡자마자 받아 든 전단지에는 무대를 중심으로 스무 개 정도로 나누어진 구역 표가 함께 인쇄되어 있었다. 구역 표 하나에 배달 주문이 쉬워졌다. 어떻게 이런 신통방통한 생각을 한 건지 우리나라는 역시 배달의 민족임을 다시 한번 느꼈다.

너무 많은 사람이 몰려와 발 디딜 틈이 없을 때, 나는 그때도 야당에 자리 잡은 사람 중 한 명이었다. 그날은 2002년 월드컵 야외 응원전이 펼쳐진 날이었다. 일찌감치 집을 나서 화면이 잘 보일 것 같은 좋은 자리 물색에 나섰다. 메뚜기처럼 조금씩 조금씩 구역을 옮기다 진짜 아는 사람을 만나게 될지는 생각지도 못했다. 졸업 4년 만에 고등학교 친구를 우연히 만나게 되면서 그날의 응원은 더 힘을 얻었다. 결국, 경기도 승리로 끝나면서 한동안 흥분에서 헤어 나오기 힘든 밤이었다.

가끔은 인간관계도 야당처럼 구역을 정확하게 나눌 수 있으면 좋겠다는 생각을 한다. 활기차고 책임감이 강한 부류, 상대를 배려하고 언제나 무게가 있는 부류, 재미있는 농담으로 분위기를 띄우는 부류, 조용히 혼자만의 생각에 잠겨 생활하는 부류 등. 구역이 나누어져 있다면 그 사람을 알아보는데 들이는 시간과 수고를 덜 수 있을 것이다. 요즘에는 MBTI에 맞춰 소개팅 주선도 한다는데, 나와 결이 맞는 구역에 들어가 생활한다면 다른 사람에게서 받는 상처는 없어지지 않을까.

구역을 나눈다는 건 희망 사항일 뿐, 우리네 인생은 생각만큼 쉽지 않다. 평생에 걸쳐 만났다 헤어지기를 반복한다. 그날의 야당에서처럼 구역을 옮겨 다니며 여기저기를 헤맸기 때문에 성사된 만남도 있다. 우연히 이루어진 만남이 평생을 갈 수도 있기에 수고를 아까워하지 않기로 했다. 내가 선택한 사람들의 참된 마음을 믿기에.

끈기가 없다는 건

"요즘 젊은 사람들은 끈기가 없어. 조금만 힘들어도 그만둔다니까. 교육해 놨더니만 신입사원이 또 그만뒀어."

요즘 청년 일자리가 부족하다는데, 남편의 이야기를 들어보면 꼭 그렇지만은 않은 것 같다. 매번 인력이 부족해 구인 공고를 올리지만, 며칠 다니다가 그만두는 일이 반복되고 있어 사수 입장에서는 일하기가 영 어렵다는 거다.

남편과 내가 늙은 것은 아니지만 이젠 젊은 사람들에 대해 말할 수 있는 중년의 나이가 되긴 했다. 그렇다고 청년들을 콕 찍어 끈기가 없다고 말하는 것에 동의하지는 않는다. 청년들이 쉽게 포기하는 것에 대해 '라떼는 말이야'를 늘어놓으며 남편의 말에 맞장구를 치고 싶지만, 나의 젊은 시절도 돌이켜 보면 너무나 끈기가 없었다.

대학 졸업 후 원하는 직종에 번번이 떨어지는 바람에 될 대로 되라는 심정으로 이력서를 넣고 출근한 곳은 영상 프로덕션이었다. 학교 다니면서 영상 두세 편을 제작해 본 경험이 다였는데, 덜컥 합격해 버렸다. 출근 후 맞이한 사무실은 온갖 편집 기기로 가득 차 있었다. 의자 네 개를 넣으면 꽉 찰 정도여서 편집실은 답답함 그 자체였다. 격일로 배달되는 반찬으로 사무실 내에서 점심을 해결했기 때문에 햇빛을 볼 수 있는 시간이 없었다. 한 달도 채 되지 않아 창문도 하나 없는 사무실이 감옥처럼 느껴지기 시작했다.

몇 달 먼저 입사한 선배 둘에게 퇴근 후 술자리에서 적성에 맞지 않는 직장 생활에 대해 토로했다. 몇 날 며칠을 고민했지만, 신입사원 셋이 앉아 회사 생활에 대해 이야기한들 별다른 방법은 없었다. 그렇다고 쉽게 퇴사를 선언하지도 못했다. 학교 다니면서 익힌 책임감과 근면 성실함은 오히려 독이 됐다. 적성에 맞지 않은 일에 대해 내색은 하지 못하고 할 일만을 위해 살고 있었다. 속은 썩어 가고 있는데 출근하기 위해 시간 맞춰 일어나고 늦지 않으려 종종걸음으로 회사로 향했다.

내 의지대로 그만두지 못한다면 퇴사의 원인을 남 탓으로 돌려야 한다. 누가 출근하지 못하게 막아주면 좋겠다고 생각했다. 출근길에 교통사고라도 나면 오늘은 출근 안 해도 되겠지. 매일 횡단보도를 건너며 차와 부딪히기를 빌었다. 교통사고는 예상치 못한 소나기를 만나는 것보다 더 어려운 일이었다.

'에이씨, 오늘도 아무 일이 일어나지 않네.'

근무 시간 중 잠시 쉴 수 있는 공간은 옥상뿐이었다. 꼭대기 층인 4층 사무실을 벗어날 수 있는 방법 중 1층으로 내려가는 것보다 옥상으로 올라가는 게 더 빨랐다. 맑은 공기도 들이마시고 지나는 차들을 보며 머리를 식히곤 했다. 그러던 어느 날, 건물 아래를 내려다보며 여기서 뛰어내리면 죽을까,라는 생각이 잠시 머리를 스쳤다. 평생 처음 해보는 부정적인 생각에 소스라치게 놀랐다. 책임감이고 뭐고 그만둬야겠다. 결국 3개월 만에 어렵게 퇴사 의사를 밝혔다.

출근한 시간 동안 뭘 했었는지 지금은 기억나지 않지만 짧은 3개월간의 회사 생활에서도 배운 건 있다. 난 내근직과 맞지 않다는 것이다. 이후 취직한 반은 내근, 반은 외근인 회사는 1년 6개월 만에 그만뒀다. 기억을 조금 더 이전으로 돌려 보면 출근 첫날 그만둔 회사도 있었다. 출근 후 받은 업무가 구인 공고에서 봤던 업무랑 완전히 달랐기 때문이었다.

1일, 3개월, 1년 6개월 만에 그만둔 젊은 시절을 가진 나로서는 요즘 젊은 사람들의 끈기 없음에 대해 말할 자격이 없다. 사회 초년생의 잦은 퇴사와 이직은 나와 맞는 일을 찾기 위한 과정일 뿐이다. 첫술에 내 적성을 찾기란 어렵다. 기자 생활을 5년간 하기는 했지만, 지금은 캘리그라피 작가 생활을 하는 걸 보니 평생 직업은 없는 것 같다.

세상은 빠른 속도로 변한다. 해야 할 일도 할 수 있는 일도 많아지고 있다. 봄비를 머금고 초록을 늘려가는 숲의 나무들처럼 관심사가 어느 영역에 다다를지 모를 일이다. 내가 세 번째 직업을 갖는다고 해서 끈기가 없다고 말하지는 않을 것이다. 끈기는 젊은 사람들을 부정적으로 판단할 때 내뱉는 단어인 것 같아 씁쓸하다. 우리도 다 그 시절을 거쳐 왔으면서 말이다.

중년에 들어선 이들이 하던 일을 그만두고 새로운 일을 찾으면 도전이고, 젊은 사람들이 새로운 일을 찾아 그만두면 끈기가 부족하다는 말로 청년들의 도전을 낮게 평가하지 않으면 좋겠다. 그들의 포기가 어떤 도전으로 이어질지 모르니. 바뀌는 세상에 비해 우리의 발걸음은 더딜지라도 멈추지 않으면 어디든 가 닿을 것이다.

바꾸는 세상에 비해
우리의 발걸음은
더딜지라도
멈추지 않으면
어디든가
닿을 것이다

잘못한 건 없지만

아홉시가 다 되어 가지만 알람 소리에 겨우 눈이 떠진다. 이마저도 바로 일어나지 못하고 침대 속에서 한참을 헤엄친다. 어제의 작업이 너무 고단했나 보다. 딱히 정해진 출근 시간이 없으니 잠드는 시간과 일어나는 시간이 자꾸만 늦어진다. 우리 집 어린이도 방학이라 늦잠에서 헤어 나오지 못하고 있다.

유분을 가득 머금어 떡진 머리는 질끈 묶고 눈곱을 뗄 정도로만 씻는다. 누가 갑자기 만남을 요청하면 차마 내보이지 못할 몰골이다. 그럼에도 엄마가 세상에서 제일 좋은 우리 집 어린이는 쪼르르 달려와 안긴다. 따로 옷을 갈아입거나 양말을 신지는 않는다. 잠잘 때 입었던 옷 그대로 아이패드와 커피 한 잔을 들고 테이블에 앉으면 글쓰기 준비 끝. 요 며칠간 이어진 나의 기상 루틴이다.

평생교육 강좌가 쉬는 기간이기도 하고, 명절을 앞두고 몇몇 일정이 뒤로 밀린 탓에 시간 여유가 생겼다. 이럴 때 글쓰기라도 하지 않으면 허투루 보낸 시간에 대한 후회를 분명히 할 것이기 때문에 자발적인 에세이 작가 체험에 들어갔다. 다행인 건 쓰고 싶다는 생각에 빠져 기록하고 싶은 나의 오늘이 자꾸만 떠오른다는 것이다. 덕분에 일주일째 글쓰기를 이어올 수 있었다.

단, 우리 집 어린이의 지속적인 대화 시도 덕에 한 문장 쓰는데 수분의 시간을 쏟고도 모자라 쓰고 지웠다를 반복해야만 한다. 그럼에도 엉덩이는 그 어느 때보다 무거워 쉽게 움직이지 않는다. 덩칫값을 제대로 하며 하루 다섯 시간이 넘도록 키보드와 씨름하고 있다. 첫눈처럼 하얗게 빛나던 키보드는 며칠 새 손때가 묻어 벌써 세월의 흔적이 남았다.

지난 글에서 나는 키보드 두드릴 손가락 힘만 있으면 쓰는 사람 될 수 있을 거라고 기록했다. 어떻게든 무언가를 계속 쓰면서 그들의 영역에 발을 들여놓고 싶었다. 하루 다섯 시간 키보드를 두드리는 일이 중노동 중에 중노동 일 줄은 그때는 차마 알지 못한 채 쓴 글이다. 고작 에세이 몇 편 써 본 걸로 자만에 빠진 또 다른 내가 있었나 보다. 잘못 한 건 없지만 잘 못 했다고 빌고 싶은 그날의 나다.

스트레스받을 때나 반응하던 입술이 작가 체험 5일 만에 존재를 뽐냈다. 가려움을 동반하며 슬금슬금 부풀어 오르더니 이내 터져 버렸다. 머릿속으로만 굴려 보았던 수많은 고민의 흔적이 검붉은 딱지로 내려앉았다. 며칠 후, 딱지 앉은 입술이 다시 터져 버렸다. 우리 집 어린이 간식으로 챙겨주고 남은 망고 갈비를 뜯기 위해 입을 와앙 벌리자 따끔함이 느껴졌다. 노란 망고 속살에서 새빨간 피 맛이 느껴졌다. 나는 재미있어서 글을 쓰고 있다고 생각했는데, 스트레스를 받고 있었나 보다. 내 생각과 달리 몸은 순수해서 좀처럼 거짓말을 하지 않는다. 어떻게든 표시를 하고야 만다.

처음 글을 쓰기 시작하면서 온갖 에세이를 탐독했다. 각양각색의 일상이 내 시선 속으로 들어와 다양한 그림으로 채워졌다. 술술 읽히는 글들을 보며 조금만 써 보면 나도 이렇게 쓸 수 있겠지,라고 생각했다. 2년이 지난 지금, 그 책 속 문장들은 감히 범접할 수 없는 영역에 자리 잡고 나의 출입을 완강히 막고 있다. 책장에서 다시 꺼내 읽어본 문장들은 쉽게 다음 페이지로 넘어갈 수 없게 만들고 있다. 이 글을 쓰며 생각한다. 지난해에 써 놨던 글 더러는 폐기해야겠다. 내년이면 이 글 또한 폐기될지도 모를 일이지만.

소설이나 전문 서적에 비해 에세이는 쉬운 글이라 치부하는 사람들이 많다. 나 역시 그렇게 생각했나 보다. 다른 영역보다 쉽게 접근할 수는 있지만, 그 무엇보다 어려운 에세이에 뒤통수를 된통 얻어맞은 듯하다. 얼얼한 뒤통수를 어루만지며 다시금 키보드를 두드린다. 부단히 애쓰고 있는 오늘의 나를 기록하기 위해.

딱 이 정도가 좋다

고등학교 시절, 내가 다닌 학교에는 체육 외에도 무용 과목이 별도로 있었다. 실기 과제 수행을 위해 몇 명이 한 조가 되어서 창작 무용을 만들었다. 음악을 선정하고 안무를 만들어 며칠 동안 연습했다. 드디어 대망의 실기 시험 날. 안무 제작에 상당 부분 의견을 내고 참여했음에도 불구하고 안무가 하나도 기억나지 않았다. 꼭 나만 빼놓고 연습한 것 마냥, 조원들은 막힘없이 해 나가는데 난 멀뚱히 서 있는 와중에 잠에서 깼다. 꿈이었다.

대학교 4학년, 앞으로 무엇을 해야 할지 몰라 헤매던 때에 이런 꿈을 가끔 꾸곤 했다. 학생 신분이 아니라 이제는 진짜 사회에 발을 내디뎌야 하는 졸업반. 대부분의 친구나 선배들은 휴학을 선택했다. 아니면 대학원이나 방송 아카데미에 들어가 다시 학업을 이어갔다. 그도 아니면 공무원 시험을 준비했다. 취업을 선택하던 공부를 이어가던 모두가 인생 계획을 체계적으로 수립하고 움직이는 것처럼 보였다. 나만 빼고.

요즘은 개근 거지라는 말이 있을 정도로 개근상을 중요시하지 않는다. 해외여행을 가거나 어학연수 한 번 가지 않고 매일 출석해 개근을 하면 거치 취급을 한다는 것이다. 하지만 내가 어릴 적에는 학교 출석을 가장 큰일이라 생각했다. 졸업식에서 개근상을 따로 수여

하기도 했으니 말이다. 심한 감기에 걸리더라도 잠시 학교에 나갔다가 도저히 참기 어려울 때 다시 집으로 돌아오곤 했다. 평생 함께 살았던 삼촌의 장례식이 있던 날에도 고3이라는 이유로 등교를 했다. 그렇게 초. 중. 고등학교 12년 개근이라는 나름 큰 업적을 이루었다.

12년 동안 근면 성실함을 배웠다. 남들보다 일찍 등교하고, 늦게 하교했다. 학원도 다니지 않았으니 학교 외에는 갈 곳도 없었으며, 할 것도 없었다. 교칙에 따라 행동했으며, 수업만 성실히 들으면 어느 정도 성적이 나왔으니 만족스러운 학교생활이었다.

하지만 대학 생활에서는 뭘 해야 할지 몰랐다. 내가 신청한 과목에 맞게 열심히 수업을 듣고 과제를 제출했다. 그런데도 시간이 남았다. 남는 시간에 술도 많이 마시고 선후배들과 어울리며 열심히 놀기도 했다. 그냥 그 시간만 생각하고 살았다. 12년 동안 쌓아온 근면 성실함이 몸에 배었는지 술에 찌들어도 다음날 강의는 빠지지 않았다.

학교 나오는 것 외에는 할 게 없는데, 대리 출석을 요청하는 친구들을 보며 '나만 빼고 다들 바쁘게 사는구나'라고 생각했다. 남는 시간에 뭘 해야 할지 몰라 도서관을 찾았다. 이곳은 더 치열한 곳이었다. 다들 뭘 공부하는지는 몰라도 좌석을 차지하기 위해 아침 일찍 등교하고, 공강 시간에도 다시 찾곤 했다.

도서관을 찾아오긴 했으나, 뭘 해야 할지 몰랐다. 다들 토익 공부를 한다길래 토익책을 펼쳐 놓고 며칠 훑어봤다. 정해진 기간 내에 토익점수 몇 점 이상을 만들겠다는 목표 의식 같은 게 없었기 때문에 하나도 눈에 들어오지 않았다. 결국 도서관은 소설책을 읽으러

가는 장소로 바뀌어 버렸다.

하라는 것만 하고 살던 초. 중. 고 12년의 생활과 달리 대학교는 하라는 것만 해서는 살 수는 없는 곳이었다. 이전처럼 학점만 적당히 따 놓으면 취직은 자연스레 따라올 줄 알았다. 하지만 중소기업에라도 취직하려면 토익이 우선이었고, 전공을 살리려면 방송 아카데미를 다녀야 했고, 학원에 다녀야 공무원 시험 준비라도 할 수 있었다. 뭘 해야 할지 목표를 정하지 못하고 허송세월만 보낸 것 같기도 하다.

국정원에 취직했다는 선배, 철도 공사에 입사했다는 선배, 대기업으로 이직했다는 친구의 소식을 들으며 학교에 다닐 때 나와 다를 것이 없었던 이들인데 어떻게 취직한 건지 부럽기도 하고 궁금하기도 했다. 이런 불안감의 원인이 남들과의 비교에서 시작된다는 것을 잘 알고 있다. 하지만 그때는 심심찮게 들려오는 동기들의 소식에 내 마음도 같이 흔들리던 시절이었다.

나도 그들과 같이 미리 취업 준비를 했다면 내 인생이 달라졌을까? 그 당시 남들은 학원 다니며 취득한 자격증을 도서관에서 빌린 책 몇 권에 의지해 두 번 만에 합격해 낸 것을 보면 뭔가 준비를 했다면 제대로 하긴 했을 거다. 단, 스트레스는 덤으로 따라올 테니 체력과 정신력도 갈고닦아야 도전이 가능한 일이다.

하지만 그때나 지금이나 거창한 계획을 세워놓고 준비하는 성향은 못 되는 것 같다. 학교를 졸업하고 20여 년의 세월이 흘렀지만, 아직도 먼 미래를 계획하고 살지는 못하는 걸 보니 내 깜냥은 이 정도뿐이라는 것을 인지하고 산다.

얼마 전 지인에게서 캘리그라피 작가로서의 입지를 높이기 위해 석사학위를 취득하고 한글 서체 연구에 참여해 보라는 이야기를 들었다. 구체적인 학교와 전공은 물론, 원서접수 시기까지 찾아 주는 열정을 보이며 내 미래의 비전을 제시해 주었다. 먼 미래를 계획하지 못하는 내 성향에 딱 맞는 처방이다.

준비하고 노력한 만큼 미래는 더욱 빛날 것이다. 하지만 미래를 위해 주위를 돌아보지 않고 치열하게 살기보다 지금의 여유로움을 택한다. 그때도 지금도 딱 이 정도가 좋다. 가끔은 일이 아닌 것에 애정과 시간을 쏟으며 에너지를 얻는다. 변하는 계절을 둘러보며 자연의 아름다움을 탐하는 삶, 딱 이 정도의 삶이 좋다.

모든 이에게 들어맞는 인생의 정답은 없다. 내게는 내가 살아온 인생이 정답일 뿐이다. 참된 인생의 진리가 무엇인지 정의하라면 악동뮤지션의 〈후라이의 꿈〉 중 한 구절을 인용해 대답해 본다.

난 차라리 흘러갈래
모두 높은 곳을 우러러볼 때
난 내 물결을 따라
Flow flow along flow along my way
난 차라리 꽉 눌러 붙을래
날 재촉한다면
따뜻한 밥 위에 누워 자는
계란 fry fry 같이 나른하게

내게는
내가 살아온
인생이
정답일
뿐이다

제4부

결국 행복

내 편인 듯 내 편 아닌 남편

지금은 폐업했지만, 한때는 신혼여행지로 각광받았던 부곡하와이에 대해 남편과 이야기하던 중이었다. 남편이 우리 집 어린이에게 물었다.

"딸아, 너 부곡하와이 가 본 적 있어?"
"아니, 나 해외여행 한 번도 가 본 적 없어."

우리 집 어린이의 첫 해외여행지로 대만 여행을 계획했지만, 코비드 19로 인해 모두 취소하는 바람에 해외여행을 가 본 적이 없는 딸의 대답이었다. 하와이가 포함된 관광지 이름 탓에 당연히 외국이라고 생각한 딸의 대답을 듣고 박장대소했다.

남편은 해외여행을 좋아하지 않는다. 대만 여행을 계획했을 때도 남편 없이 조카와 함께하는 여행이었다. 대신 직접 운전해서 다닐 수 있는 국내 여행에는 두말없이 나서는 편이다.

휘호대회에 참가하기 위해 강원도에 다녀올 일이 있었다. 두 시간 정도의 일을 보러 왕복 여덟 시간을 혼자 가려니 운전이 부담되는 건 물론이고, 너무 심심할 것 같아 식구들을 대동했다. 여행 며칠 전부터 남편은 어떤 곳을 둘러볼지 계획 세우기에 여념이 없었다. 보통은 내가 일정을 짜지만, 신나 하며 계획을 세우는 모습을 보고는 남편에게 일임했다. 여덟 시간 운전도 마다하지 않는 남편의 모습에 역시 나를 먼저 생각해 주는 내 편이구나,라고 생각했다.

서해대교 일출을 보며 강원도 여행에 나섰다. 간단하게 휘호대회를 마치고 남편이 알아봐 둔 로봇 박물관으로 향했다. 울창한 나무들과 푸른 하늘이 아름답게 어우러진 강원도 풍경에 대해 이야기하며 들떠 있던 것도 잠시, 목적지의 주차장이 비어 있는 모습에 적잖이 당황했다. 바로 검색에 돌입했다. 아뿔싸, 이곳은 토요일이 휴관일이구나.

"쉬는 날이 언제인지 확인 안 했어? 내가 매번 이야기하잖아, 운영 시간이랑 휴무일 확인하라고."
"토요일이 쉬는 날일 줄 알았나."

답답한 마음에 몇 번을 더 쏘아붙이고 싶었지만, 그랬다가는 큰 싸움으로 이어질 것 같아 1절만 하고 멈췄다. 잠시 고민 끝에 2순위로 생각해 뒀던 춘천의 애니메이션 박물관으로 향했다. 마감 시간을 얼마 남겨 놓지 않고 도착한 것이 아쉽기는 했지만 알차게 둘러보고 저녁 메뉴에 대해 논의했다. 여행지 특성에 맞게 닭갈비 집이 주변에 즐비한데 남편은 돈가스가 먹고 싶다고 했다. 그냥 가까운 곳으로 갔으면 하는 내 마음은 한 걸음 밀린 채 남편이 검색한 돈가스 집으로 이동했다. 주택가에 어렵게 주차를 하고 찾아간 돈가스 집 간판 옆에는 '배달 전문점'이라고 쓰여 있었다. 단전에서부터 올라오는 깊은 한숨이 절로 나오는 순간이었다. 또 제대로 확인하지 않고, 네비게이션에 근처 돈가스만 검색해서 달려온 것임이 분명하다.

"삼겹살도 있고, 샤브샤브도 있네. 여기서 골라봐."

잘못 찾아오긴 했지만, 다행히 식당이 즐비한 먹자골목이었다. 돈가스 대신 추천한 근처 식당들에 대해서 이래서 싫고, 저래서 싫고, 다 싫다는 남편의 말에 복창이 터질뻔했다. 우리 집 어린이였더라면 세워놓고 혼을 내거나 젤리 하나로 구슬리면 다 해결되는 일인데, 다 큰 어른이라 어떻게 할 수 있는 방법이 없었다. 연이어 실수한 자신의 모습이 못마땅했는지 남편은 저녁이고 뭐고 다 필요 없고 집으로 돌아가자고 했다. 1박을 계획하고 나선 여행이 조기종영됐다. 딸아이 저녁 먹일 생각은 없는 건지 자기는 배가 고프지 않다는 남편. 남의 편이라 남편이라더니 내 편은 안 들어 주고 꼭 반대로만 하려 하는 남편의 모습에 더 이상 말하기도 힘들어지는 시간이었다.

아홉시가 다 되어 도착한 고속도로 휴게소. 늦은 시간이라 주문할 수 있는 요리가 몇 가지 없어서 라면을 먹게 됐다. 결국 라면 먹으려고 강원도까지 왔나 싶기도 하면서, 결혼 15년 차인데 왜 이렇게 안 맞는 건지, 안 맞는데 왜 또 잘 사는 건지, 헛웃음이 절로 나는 밤이었다.

초록으로 몸을 부풀렸던 나무들이 어느새 형형색색의 옷을 입었다. 어디론가 떠나기에 딱 좋은 계절이다. 여행은 여행지에서 만끽하는 즐거움도 있지만, 여행 계획을 짜면서 더 큰 행복감을 느낄 수 있어서 좋은 것 같다. 옥신각신하며 다녀온 강원도 여행은 금세 새까맣게 잊어버리고 내 편인 듯 내 편 아닌 남편과 다음 여행을 또 계획해 본다. 앞으로의 여행에서는 서로의 의견이 일치하기를 바라면서.

비워내는 연습

두어 달 전부터 엉치뼈가 아프기 시작했다. 평소에도 허리가 좋지 않아서 좌식 생활이 불편했었는데, 통증이 허리 아래로 내려온 건 이번이 처음이다. 허벅지에 통증이 느껴지더니 기어이 종아리까지 내려왔다. 허릿심이 필요한 물건을 드는 건 무리였고, 가만히 앉아 있거나 누워 있어도 뻐근함이 느껴졌다.

통증이 생긴 지 두 달이 다 되었지만, 아직 병원에 가 보지 못했다. 생활이 안 될 만큼 아픈 게 아니니 미루기도 했지만, 프리랜서 강사 일의 특성상 하루 쉰다는 게 쉽지 않았다. 가을 축제가 한창이던 얼마 전까지는 토요일도 쉬지 못하고 축제 현장 곳곳을 누볐다. 주말에는 전시 작품 반입과 함께 전시 오프닝 준비를 해야 한다. 전시 총괄을 맡고 있긴 하지만, 누가 시킨 것도 아닌데 아픈 몸은 뒤로 하고 일을 우선시하는 내 마음이 나도 안타깝다.

나보다 앞서 일을 시작한 선배 강사가 이런 내 사정을 듣고는 조언을 해 주었다.

"아무리 일이 많아도 일주일 중 하루는 쉬는 시간을 갖는 게 좋아요. 개인적인 업무도 봐야 하고 병원 다닐 시간을 마련해 줘야 길게 일할 수 있어요."

물론 나도 안다. 내가 좋아서 시작한 일이지만, 일에 치여 휴식이 필요함을 느낀 적이 있었다. 그래서 금년 초부터는 일주일 중 반나절은 강의를 잡지 않고 오로지 에세이 쓰기를 하며 휴식을 가져보겠다고 다짐했다. 남들이 들으면 글 쓰는 게 무슨 휴식이냐고 하겠지만 대가를 받지 않고 그저 내가 좋아서 하는 일은 휴식이나 다름없다. 하지만 4개월 만에 그 다짐은 무너졌다.

강의 의뢰가 들어왔는데, 내가 원하는 시간에 맞춰 주겠단다. 다른 강의 시간과 겹쳤더라면 포기라도 했을 텐데, 결국 반나절 쉬기로 했던 날을 또 강의로 채워버렸다. 일의 특성상 의뢰받은 일을 마다하면 다른 이에게 돌아갈 것이고, 한 번 내 손을 떠난 일은 쉽게 다시 돌아오지 않기 때문에 욕심을 내어 잡아 버렸다. 덕분에 허리 치료는 일에 밀려 차일피일 미뤄져 가고 있다.

요즘 몸이 뻣뻣해져 생활이 예전 같지 않음을 느낀 적이 많았다. 운동화 끈을 묶는다던가 앉아서 빨래를 개키는 일이 불편하게 다가왔다. 인간의 특성상 나이가 듦에 따라 몸이 굳어져 가는 게 이치이지만, 좀 더 나은 생활을 유지해 보겠다며 요가를 시작했다. 공교롭게 요가를 시작하자마자 허리가 더 안 좋아지기 시작했다. 굳은 몸을 펴 보겠다고 무리해서 힘을 쓴 게 통증으로 이어진 게 아닌가 싶기도 해서 요가를 계속해야 할지 말아야 할지 딜레마에 빠졌다. 그래도 허리에 무리가 가지 않는 동작 위주로 단련을 이어간다.

일과가 마무리된 저녁, 아파트 운동실로 향한다. 요가 매트에 앉아 상호 인사를 하고, 세 번의 긴 호흡 후 요가를 시작한다.

"들이마시고 내쉬고, 가슴 깊게 들이마시고 모두 비워냅니다."

아직은 가부좌 자세도 불편하고 깊게 들이마시고 내쉬는 긴 호흡 한번 제대로 하지 못하는 초보 요가인이다. 덕분에 고난도 요가 자세를 좇아가느라 강사의 설명을 듣기 바쁘고, 자세는 계속 무너진다.

하루는 힘이 많이 들어가는 요가 자세를 따라 하다 호흡곤란이 왔다. 깊게 들이마시고 길게 내쉬어야 하는 기본 호흡을 하지 못하고, 가쁘게 숨을 들이마시기에 바빴다. 숨조차 비워내지 못하며 욕심을 부린 나는 결국 자리를 이탈해 밖으로 뛰쳐나가 버렸다.

무엇이 이리 급해서 바쁘게 좇아가는 것인가. 비워내지 못하고 다 갖고만 살려 하는 나에게는 정작 무엇이 남았는가.

맑은 공기를 마시며 호흡을 가다듬는다. 어슴푸레 떠 있는 달을 보며 마음도 다잡아 본다. 비워내는 것도 연습이 필요한 지금, 무엇을 비워낼지 고민에 잠기는 밤이다.

비워내는 것도
연습이 필요한
지금

서해 바다

구 남자친구(현 남편)를 만나게 되면서 당진이라는 곳을 처음 알게 됐다. 울타리가 쳐져 있는 것도 아닌데 경계를 잘 벗어나지 않는 내 주변 대구 경북인들에게 지도를 펼쳐 놓고 이곳이 당진이다,를 콕 찍어 알려줬다. 나 역시, 지도를 보기 전까지 당진이 바다에 둘러싸여 있는 곳이라고는 생각지 못했다.

결혼 후 당진에 터를 잡고 살면서 좋은 점을 들라면 당연히 바다를 일 순위로 꼽는다. 이곳에선 30분만 달리면 쉽게 서해 바다를 만날 수 있기 때문이다. 어른이 되고서는 휴가지로 바다 여행을 자주 하긴 했지만, 어릴 적엔 쉽게 갈 수 있는 곳이 아니었다. 기억 속엔 계곡과 관련된 추억만 있을 뿐 바다는 없다. 서너 살 정도일까. 배를 잔뜩 내민 채 해변에서 찍은 사진이 있는 걸 보고서야 바다에 다녀온 적이 있음을 추측한다.

비린내 가득한 바람을 맞으며 처음 마주한 서해 바다는 다소 충격적인 모습이었다. 세계적인 휴양지처럼 바닷속이 훤히 보이는 에메랄드빛 가득한 해변을 기대한 건 아니다. 평생 접해 온 동해 바다가 바다의 기본적인 모습일 거라 생각했다.

태풍이 지나가면 한동안 계곡은 흙탕물이 되어 흐른다. 서해 바다가 꼭 그런 모습을 하고 있었다. 좀 더 과장해 말하자면 똥물 같은 곳에 들어가 해수욕도 한단다. 똥물에서 채취한 해산물을 누구보다 좋아하게 될지는 생각지도 못한 채 여기 별로다,라고 말해 버렸다.

한껏 내리쬐던 태양이 한 걸음 물러난 가을, 시댁에 들러 호미를 챙겼다. 호미는 구황작물을 채취할 때나 쓰던 것인데, 남편은 바다로 가자고 했다. 썰물 때를 맞춰 찾아간 바다는 그야말로 인산인해였다. 모두가 바지락을 캐기 위해 몰려든 인파였다. 현지인이지만 바다에 대해서는 전혀 모르는 현지인 둘은 노련한 현지인을 졸졸 따라다니며 눈치껏 바닥을 파헤쳐 본다.

욕심만 가득한 호미질은 손가락 물집으로 돌아왔다. 펄을 씻어낸 바지락 한 움큼 중에는 몰래 숨어 들어온 돌들이 가득했다. 돌과 바지락을 구분하는 것은 여간 어려운 일이 아니었다. 둘이서 달려들어 한 시간 넘게 호미질을 했지만, 수확량은 초라하기 그지없었다. 해감을 마친 바지락은 그날 저녁 된장찌개 재료로 이용됐다. 평소와 다른 찌개의 맛에 남편은 숟가락을 놓자마자 컴퓨터로 달려갔다. 그리고는 앉은뱅이 의자, 삼지창 호미 등 갖가지 도구들을 장바구니에 담고 있었다.

몇 년간 날씨가 좋은 날이면 바다를 찾아 냉동실을 채웠다. 주말 바지락 캐기 일정에 대해 늘어놓을 때 당진 출신인 지인은 '왜 사서 고생하느냐, 사 먹고 말지'와 같은 말로 사기를 무너뜨리곤 했다. 그에게 바지락 캐기는 내륙의 농촌 출신인 내가 고구마나 감자 캐기 체험에 별 관심이 없는 것과 마찬가지인 일일 것이다. 그런데 그 사서 하는 고생이 얼마나 재미있는지 모른다.

재미있는 일도 반복되면 흥미가 떨어지기 마련이다. 몇 해를 이어오던 바지락 캐기가 시큰둥해졌을 즈음엔 바다 유리를 주웠다. 유리병들이 깨져 마모된 바다 유리를 모아 봤자 딱히 쓸 일은 없다. 그럼에도 너무 예쁜 유리를 찾았을 땐 다이아몬드를 찾은 듯 햇볕에 비춰보며 행복해했다. 코비드 19 격리가 해제되는 날에도 바다를 찾았다. 한겨울이었지만, 시원한 바닷바람을 들이마시고 싶었다. 해변 산책으로 격리 해제를 기념했다. 김신지 작가가 『좋아하는 걸 좋아하는 게 취미』에서 너무 사소한 행복이라서 행복의 ㅎ쯤이라고 해두던 그 ㅎ이 바로 서해 바다에 있었다.

우리 집 어린이가 친구를 만나러 나가고 없는 주말 오후였다. 휴대폰만 들여다보고 있느니 바다에나 다녀오자고 남편이 말했다. 남편과 나는 장고항 등대 주변을 한 바퀴 돈 뒤 바다가 내려다보이는 카페에 자리를 잡고 앉았다. 커피 한 잔을 두고 두 시간가량 별말 없이 일렁이는 바다만 바라보며 시간을 보냈다. 집으로 돌아오는 길에 남편이 말했다.

"내가 원하는 주말을 잘 보낸 것 같아. 바다를 바라만 보는 것으로도 너무 좋았어."

이제는 굳이 바다에 들어가지 않고 옆에서 지켜보는 것만으로도 즐거움을 느낄 수 있게 됐다. 물론 한마디 더 붙인 말이 있긴 하다.

"우리 집 어린이 없이 둘만 가니까 더 좋았어."(되도록 우리 집 어린

이는 이 글을 읽지 말 것)

　잘게 부서지는 파도는 연일 다른 모양으로 다가온다. 파도에 몸을 내민 바위는 하트 모양의 구멍을 얻었다. 조개껍데기 무덤을 밟는 소리가 자그락거린다. 바다가 주는 다음 즐거움이 무엇일지 보물 찾기 하듯 눈을 크게 뜨고 찾아보아야겠다.

캠핑의 맛

반짝반짝 빛이 나는 궁전들 사이에서 난민촌에서나 볼법한 집 하나가 자리를 잡았다. 제대로 된 캠핑 용품도 없는데 호기롭게 첫 캠핑에 나선 우리 집의 모습이었다. 날이 더우니 지붕만 있으면 하룻밤 자는 데는 문제가 없을 것이라고 생각했다. 잠깐의 나들이 때 사용하던 원터치 텐트를 준비해 캠핑의 형태를 갖추고, 테이블과 의자가 없으니 돗자리를 깔고 앉아 음식을 먹었다. 그래도 더위에 음식이 상할까 봐 아이스박스에 먹을 것을 넣어오는 정성은 들였다. 캠핑 박람회에서나 볼법한 용품들이 가득한 이웃들 속에서도 그럭저럭 남의 눈 신경 쓰지 않고 재미있게 즐겼다. 우리 집 어린이는 텐트에서 자는 첫 경험이었기에 그 어느 때보다 들떠있었다.

부족한 것투성이였지만 그것마저 즐기던 첫 캠핑의 낭만은 내리는 빗줄기와 함께 산산조각이 났다. 지금은 비 내릴 때를 대비해 방수 그늘막을 따로 챙겨 다니며 우중 캠핑도 즐기고 있지만, 그때는 달랐다. 비 올 것을 대비해 준비한 건 새파란 천막이었다. 노끈을 이용해 나무에 묶어 지붕을 만들었다. 빗물이 고일 때마다 밑으로 처지지 않게 물을 흘려내려 줘야 했다. 지붕이 해결되고 나니 바닥이 문제였다. 텐트 밑에 깔아 놓은 비닐을 뚫고 물이 스멀스멀 올라왔다. 박스 조각을 주워 바닥의 물을 흡수시켰다. 편안한 집을 놔두고 이게 무슨 고생이냐고 투덜투덜하다가도 이마저도 재미있어하는 우리 집 어린이 덕에 미소가 지어지는 하룻밤이었다.

의도치 않게 난민 체험이 되어 버린 첫 캠핑의 여파로 '다시는 캠핑을 하지 않겠다'와 '좀 더 갖춰 캠핑하러 다니자' 사이에 고민의 시간이 생겼다. 이때 언니가 쓰던 텐트를 물려받으면서 자의 반 타의 반으로 후자를 선택하게 됐다. 대신 캠핑 장비가 부족하니 단독 캠핑보다는 여러 가족이 함께 다니는 연합 캠핑을 다니기로 했다.

몇 년간 이곳저곳 캠핑을 다니면서 느낀 캠핑의 가장 큰 매력은 정성껏 차려 먹지 않아도 되는 식사다. 앉은 자리에서 요리하고 그 자리에서 먹을 만큼 덜어 먹으니 얼마나 효율적인 식사인가. 기름이 튀거나 연기가 나서 실내에서는 하기 힘든 음식들도 마음껏 만들어 먹을 수 있어서 캠핑의 목적은 먹는 것이 되기도 한다. 특히 두세 가족이 함께하는 연합 캠핑에서는 다양한 음식을 맛볼 수 있어서 더욱 좋다.

연합 캠핑에 나설 때, 음식과 관련해서 우리만의 간단한 법칙이 있다. 절대 어떤 음식을 준비할지 미리 논의하지는 않는다. 본인 가족이 먹을 만큼의 음식만 준비하면 된다. 단, 먹고 싶은 음식이 있을 땐 서로 요청할 수 있다. 캠핑장에서 짐을 풀고 나서야 어떤 음식을 준비했는지 간단하게 소개한다. 음식이 겹치면 겹친 대로 먹고 재료가 부족하면 부족한 대로 해결하는 것이 우리만의 법칙이다. 다행히 몇 번의 캠핑을 겪었지만, 겹치는 음식을 준비하는 경우가 드물었다. 또 각자 준비하는 음식의 종류에 대해 알게 되면서 서로 피해 가며 준비하기도 한다.

텐트 치기가 완료되면 테이블을 붙여 놓고 어떤 음식을 먼저 먹을지 논의한다. 역시 먹기 위해 캠핑에 나선 이들이다. 음식 재료를 준비한 사람이 메인 요리사가 된다. 특별한 음식이 아니더라도 여럿이 먹다 보면 숨은 맛집이 갑자기 나타난다. 함께 하는 사람들이 많으면 준비한 음식이 풍족하게 돌아가지는 않기 마련이다. 기미상궁처럼 한 입씩 맛보고 다음 음식을 기다린다. 다음 음식이 나오는 시간이 조금 늦어지더라도 짜증을 내는 이가 없어서 좋다. 집에서 요리할 때는 몇 가지 하지도 않았는데 설거짓거리가 쌓여 요리가 재미없더니 캠핑에서는 키친 타올로 스윽 닦아내고 다음 요리를 하면 되니 다소 깔끔하지 못한 내 성향과 딱 맞다.

다양한 음식을 맛보다 보면 어느새 해는 지고 아이들은 아이들끼리 어른은 어른끼리 자연스레 무리가 나누어진다. 맥주 한 모금씩 홀짝이다 보면 진지한 이야기도 오고 간다. 드디어 내가 기다리던 시간이 다가왔다. 가끔 남편과 의견이 맞지 않을 때 연합 캠핑을 적극 이용한다. 내 의견은 듣지 않는 남편이지만 처형이나 형님의 의견은 적극 수용하는 덕에 미리 귀띔해 둔다(남편은 이 글을 읽지 않으면 좋겠다).

밤하늘의 별을 벗 삼아 주고받은 대화의 끝은 항상 남편의 반성이었다. 사춘기에 접어든 우리 집 어린이의 변화를 이해 못하던 남편에게 형부의 조언이 큰 도움이 됐다. 먼저 겪어 본 이의 의견을 적극 수용하는 남편이라 다행이다. 전날 불꽃 튀게 주고받던 서로의 의견이 집으로 돌아오는 길에서는 하나의 공통된 의견으로 좁혀졌다. 이 정도면 이번 봄의 캠핑도 성공이다.

겨울 외투 대신 바람막이 점퍼 하나로도 외출이 가능한 날이 되면 캠핑이 제철이다. 두꺼운 이불과 아웃 텐트가 없어도 되니 두 손도 가볍게 마음도 가볍게 떠날 수 있다. 여러 가지 맛있는 음식으로 몸을 치유하고 속 깊은 대화로 마음을 다스린다. 초록으로 몸을 부풀려 가는 나무들의 싱그러운 모습을 보며 잠들고 깨어나는 호사에 몸도 마음도 상쾌해진다.

제철은 누구에게나 공평하게 찾아오는 행복이다. 그 행복을 잘 찾아 누릴지 못 누릴지는 개인의 몫이다. 여름으로 넘어가는 초여름과의 작별 인사는 조금 더 천천히 하고 싶다. 장마가 오기 전에 한 번 더 제철 캠핑에 나서야겠으니. 몸과 마음을 살찌우러 또 떠나보자.

어른의 멋

초록 불로 바뀐 횡단보도가 눈앞에 보인다. 횡단보도까지의 거리는 50여 미터. 뛰어서 건너 버리자는 우리 집 어린이와 달리 난, 다음에 건너자며 여유 만만이다. 어릴 때 몇 초 남은 횡단보도 앞에서 다음 기회를 기다리는 어른들을 보며 생각했다. 어른들은 마음의 여유가 넘쳐서 충분히 건널 수 있는 횡단보도 앞에서도 절대 뛰지 않는구나, 이런 게 어른의 멋인가,라고.

어린 내 눈에 비친 어른의 모습이 된 지금, 횡단보도 앞에서 서두르지 않는 이유에 대해서 생각해 본다. 단 몇 초 빨리 길을 건넌다고 해서 달라지는 건 없다. 40년 이상 살아보며 터득한 이치다. 어릴 때에 비해 느긋한 마음이 많이 는 것도 한몫한다. 여러 이유 중 가장 큰 건 예전만큼 에너지가 넘치지 않는다는 점이다. 몇 초 남지 않은 8차선 횡단보도를 건너려면 단거리 달리기를 하듯 전력 질주해서 뛰어야 한다. 한 번에 힘을 쏟아붓고 그보다 더 긴 시간을 헐떡이느니 슬금슬금 내가 가진 힘으로 천천히 걸어가는 게 낫다.

앞자리 숫자가 '4'로 바뀌면서 세월의 직격탄을 맞은 듯한 내 몸과 적응하는 시간을 갖느라 하루하루가 버겁다. 나이가 들면 잠이 준다는데, 자도 자도 줄어들지 않는 피로에 침대 붙박이가 되어 버렸다. 떨어진 체력만큼 예전의 활기도 줄었다. 활동적인 것보다는 정적인 걸 더 찾게 된다. 두어 달에 한 번 친정을 다녀오더라도 친구를 만나거나 관광지를 들르기는커녕 집으로 돌아오기 전까지 마당 밟는 것도 드문 일이 되었다. 이제 걸음마를 시작한 아이들을 쫓아다니느라 허리를 숙이고 종종걸음치는 엄마들을 보며 기운 넘치던 예전의 내 모습을 회상하기도 한다.

지금까지는 태어나면서 주어진 활력에 의지해 살았다면 이제는 살기 위해 활력을 키워야 한다. 맛이 좋은 음식보다는 몸에 좋은 음식을 먹어야 하고, 각종 영양제에 의지해서라도 몸의 움직임을 되찾아야 한다. 억지로라도 몸을 움직여 근력을 길러야 한다. 그래야 더 힘들지 않게 50대를 맞이할 수 있다.

세월의 손을 탄 육신이 곳곳이 닳아 삐그덕대기 시작한다. 앞머리에 하얗게 솟아난 새치를 보며 살아온 세월을 가늠한다. 내 이를 대신해 임플란트가 자리 잡기 시작했다. 앞으로 노안과 폐경, 갱년기도 헤쳐 나가야 한다.

몸은 닳아서 예전의 움직임을 되찾을 수는 없지만 지나온 세월만큼 마음에는 더욱 살이 붙었다. 예전만큼 쉽게 화를 내지 않고, 상대방이 되어 생각해 본다. 덕분에 신혼 초에 비해 남편과 싸우는 일이 현저히 줄었다. 추가 근무를 마치고 퇴근한 지 얼마 안 된 남편에게 바람 쐬러 나가자고 몇 번이고 졸라 댔었다. 야간 강의를 마치고 나면 녹초가 되어 꼼짝도 하기 싫다. 그런 나에게 밖으로 나가자고 하는 꼴이었다. 어릴 적 풍족하게 용돈을 주지 못했던 부모님의 상황도 이해하게 됐다. 한 번에 둘이나 되는 대학생 학비를 감당하려면 얼마나 허리띠를 졸라매고 생활해야 했는지.

아침저녁으로 부는 선선한 바람이 등을 떠민다. 옷을 갖춰 입고 저녁 산책에 나선다. 오늘은 남편도 함께다. 우리 집 어린이의 재잘거림을 들으며 걷다 보니 어느새 동네 한 바퀴를 돌고 마지막 횡단보도 앞이다. 뛰어 달려왔다면 진즉에 건넜을 길이지만 오늘도 난 세월이 가져다준 어른의 멋을 장착하고 느긋이 다음 신호를 기다린다. 기다린 시간만큼 우리 가족의 거리는 더 가까워진다.

너의 부표가 되어 줄게

초등학생 학부모 5년 차. 우리 집 어린이의 담당 교사와는 정식 상담을 제외하고는 연락을 자주 하지 않는 것을 원칙으로 정하고 생활하고 있다. 되도록 연락이 오지 않기를 바랄 뿐이다. 학교나 학원에서 학부모에게 전화가 올 경우는 좋은 이야기보다 좋지 않은 이야기를 전달할 확률이 높기 때문이다.

얼마 전 영어학원에서 전화가 왔다. 우리 집 어린이가 수업을 곧잘 따라오니 5개월 과정을 건너뛰고 한 단계 높은 클래스로 옮겨보자는 이야기였다. 내 눈으로 직접 보진 못했지만, 선생님 말씀이라면 법을 지키듯 무조건 따르는 어린이이니 학교나 학원 생활을 잘할 줄 알았어. 역시 내 딸이야,라며 속으로 환호했다. 하지만 기쁨도 잠시였다.

"그런데, 어머니."

앞의 내용과 관련시키면서 다른 방향으로 이끌어 나갈 때 쓰는 부사인 '그런데'의 등장으로 고민이 깊어졌다. 온갖 말로 설득해도 클래스를 옮기기 싫다고 했단다. 마지막엔 우리 집 어린이가 내뱉은 말까지 덧붙였다.

"계속 클래스 바꾸라고 하면 학원 끊을 거예요."

새로운 곳에 적응하는 데 조금의 거부감이 있는 아이이긴 했다. 처음 피아노 학원에 등원할 때는 며칠간 눈물 바람이었다. 영어학원에 갈 때도 처음 몇 번은 교실까지 동행해야 들어가곤 했다. 하지만 적응하는데 다른 아이들보다 시간이 조금 더 걸릴 뿐, 익숙해지고 나서는 누구보다 즐겁게 학원 생활을 이어오고 있었다. 더불어서 어른의 말에 반항하거나 거스르는 일이 없던 어린이였는데, 학원을 끊겠다고 말했다니 짐짓 놀랐다. 퇴근 후 아이를 만나 어떻게 설득해야 할지 고민이 앞서면서도 자신의 의사를 확실하게 전달한 우리 집 어린이의 모습에 대견함이 느껴지기도 했다.

클래스를 바꾸는 것에 극구 반대했던 이유는 이랬다. 영어 단어 외울 것도 많고, 한 달에 한 번 촬영하는 영어 말하기 문장도 몇 문장 더 늘어나는데 도저히 따라갈 자신이 없다고 했다. 학원을 오가는 차량에서 만난 6학년 언니의 말에 지레짐작으로 겁을 먹은 거였다. 집에서는 별거 아닌 일에도 '이게 나야'를 자주 외치던 자신감은 어디로 간 건지, 소극적인 마음을 없애기 위한 설득에 들어갔다.

"선생님이 너를 몇 년이나 봤는데, 잘하니까 클래스를 옮기자는 거 아니겠어? 어른들은 경험이 많으니까, 네가 어느 정도 할 것이라는 예측을 하고 말하는 거야. 무작정 던지는 말이 아니야. 걱정하지 말고 선생님 믿고 따라가도 돼. 그리고 조금 못해도 돼. 5개월 건너뛰고 올라가는 거니까 못 따라온다고 선생님도 뭐라고 안 해."

20분 동안 이어진 설득 끝에 확답을 받게 된 마지막 한 방은 크리스마스 선물이었다. 아홉 살 무렵, 산타 할아버지가 아닌 엄마가 준비한 선물을 보게 된 이후로 크리스마스 선물을 없애버렸는데 이번엔 자신이 원하는 선물로 받고 싶다고 했다. 걱정이 앞섰는데 그나마 쉽게 해결되어서 다행이다.

이번 일은 우리 집 어린이 인생에서 가장 큰 고민거리였을 것이다. 아이의 사생활을 다 알 순 없으니 내가 알기론 그렇다. 예전처럼 자신에 대해 시시콜콜 말해 주지 않아 고민이 있는 줄도 모르는 엄마가 됐다. 이번뿐만 아니라 살아가면서 앞으로는 더 큰 갈림길이 나타날 것이고 그때마다 어떤 길을 선택을 해야 할지 더 긴 시간 고민해야 할 것이다. 그럴 때 전해 주고 싶은 한 문장이 있다.

저 넓은 세상에서 큰 꿈을 펼쳐라.

곽의영 시 〈하나뿐인 예쁜 딸아〉 중에서

겁먹지 말고 조금은 더 적극적이고 당차게 삶을 살아가면 좋겠다. 하고 싶은 일이 있을 땐 좀 더 크게 꿈을 꾸면 좋을 듯하다. 여기에 덧붙여서 하고 싶은 말이 있다.

"언제든 지치면 쉬어가도 된다. 그늘에 앉아 흘러가는 구름을 바라만 봐도 된다. 발버둥 쳐가며 수영할 필요 없이 그냥 물에 떠 있기만 해도 된다. 엄마가 너의 부표가 되어 줄 테니."

눈물이 많은 여자

나는 눈물이 많은 여자다. 요즘 들어 더 그렇다.

얼마 전 새로 개봉한 영화 〈소방관〉 관람을 위해 영화관을 찾았다. 〈소방관〉은 실화를 바탕으로 제작된 영화라고 한다. 실화를 토대로 만들었다는 말에 얼마나 기구한 사연이 펼쳐질지 영화를 보기 전부터 가슴이 턱턱 막혀 왔다.

후기에 따르면 '최근 들어 가장 슬픈 영화다'라고 표현하고 있다. 안 그래도 눈물이 많은데, 펑펑 울다 지쳐 나온다는 후기부터 본 터라 화장실에 들른 김에 휴지 몇 장을 챙겨 들어갔다. 아니나 다를까 영화가 시작된 지 얼마 지나지 않아 눈물이 맺히기 시작했다. 챙겨 간 휴지로 눈물을 톡톡 눌러 닦았다. 이후로도 휴지를 잡은 나의 손은 몇 번은 더 눈을 스쳤다. 하지만 얼마간의 시간이 흐른 뒤, 정작 오열한다는 그 장면에선 휴지가 필요 없었다. 내 눈물을 끌어내려면 좀 더 애절하게 표현해야 해, 라는 생각이 머릿속을 맴돌았다. 남들과는 다른 감성을 지닌 눈물 많은 여자인가 보다.

눈물이 가장 많이 흐르는 시간은 우리 집 어린이 등굣길이다. 아무리 사랑을 독차지하는 외동딸이라지만, 매일 겪는 등교로 인한 헤어짐을 슬퍼할 리는 만무하다. 정상을 향해 떠오르는 태양이 차량 앞 유리를 통해 눈인사 인사할 때면 어김없이 눈물이 흐른다. 거기에 하품이 더해지면 슬픈 영화 속 여주인공이 따로 없다. 눈물 연기 장인이라도 된 듯 안구에 맺힌 눈물이 닦을 새도 없이 또르르 볼을 타고 흘러내린다. 눈물 빨리 흘리기 대회가 있다면 태양과 눈싸움 한 번이면 바로 승리다. 태양에게 매일 지는 셈이다.

햇빛이 강한 날이면 태양을 피해 무조건 고개를 숙여야 한다. 강렬한 태양에 바람이 더해지면 어김없이 비련의 여주인공 눈물이 완성된다. 눈물을 훔치기 위해 부지런히 움직이는 손 때문에 지난 몇 년간 눈 화장을 하지 못했다. 덕분에 없는 화장 기술이 더 줄었다.

이번 달 들어 증상이 더 심해졌다. 이물감과 시린 증상이 더해졌다. 수시로 눈곱이 꼈다. 시린 증상 때문에 눈을 뜨고 있는 시간이 불편해 눈을 감고 있다 보니 잠자는 시간이 늘었다. 결국, 안과를 찾았다. 검진 결과는 이랬다. 눈물샘이 넓어서 눈물의 배출이 많단다. 그래서 뇌가 눈물의 양을 맞추기 위해 더 많은 눈물을 만들어 내는 것이라고 한다. 젊은 사람들에게는 드물게 나타나는 증상인데 아마 모계 유전일 경우가 많으니, 엄마나 자매들에게도 같은 증상이 있는지 알아보라고 의사는 전했다. 배출되는 눈물이 많다고 더 많은 눈물을 생성해 내다니. 우리 몸이 상황에 맞게 얼마나 빠르게 대처하는지 신기할 따름이었다.

치료 방법은 간단했다. 넓어진 눈물샘을 막는 것. 단 몇 초 만에 눈물샘을 막고 인공눈물을 처방받아 병원을 나왔다. 가장 불편하게 여겼던 시린 증상이 바로 나아졌다. 대신 건조함이 찾아왔다. 이제 눈물 많은 여자는 졸업인가. 주머니 속에 넣어 다니는 돌돌 말린 휴지와는 안녕인가. 이번 시술의 효과는 보통 6개월 동안 유지된다는

데 그 시간만이라도 온전히 편했으면 좋겠다.

　나는 상상해 본다. 연속 강의에 지쳐 쓰러진 다음 날이면 부족한 체력이 빵빵하게 채워져 개운하게 기상하는 모습을. 체력이 채워지지 않는다면 내 몸의 지방이라도 태워 홀쭉하게 살이 빠져 있는 모습을. 부족한 것을 눈치채고 바로바로 채워주는 신기한 신체의 능력이라면 가능한 일이지 않을까. 나이가 들수록 더 활력이 넘친다면 내내 즐거운 일만 가득하지 않을까. 잠시 해본 상상에 슬쩍 헛웃음이 새어 나온다. 불로장생을 꿈꾸던 진시황이 잠시 내 몸에 들어왔다 나간 것일까. 자연의 섭리에 역행하는 일을 잠시 상상해 봤다. 일어나지도 않을 일을 기대해서 뭐 하나. 에라이.

청바지

22년째 쉬지 않고 운전하고 있지만 새로운 곳을 갈 때면 늘 긴장이다. 특히 밤 운전일 때는 어깨에 흙더미를 얹어 놓은 듯 잔뜩 힘이 들어가 있다. 평소에는 한 손으로도 거뜬한데, 처음 가 보는 길에선 양손으로 핸들을 바짝 움켜쥔다. 잘못된 길로 들어 설까봐 자꾸만 브레이크에 발이 왔다 갔다 한다. 라섹 수술을 한 후로는 빛 번짐도 심해져서 밤길 운전에는 늘 어려움이 있었다. 코비드 19가 한창일 때 오랜만의 밤 외출에 초보운전자가 된 듯 거북이걸음을 한 후로는 되도록 밤 운전을 피하고 있다.

얼마 전 평택에 간 날이었다. 저녁까지 해결하고 집으로 돌아오는 길, 면허를 취득하고 처음 도로에 나선 것처럼 긴장을 가득 안고 운전해야 했다. 겨울밤은 얼마나 어두운지 차선이 흐릿했다. 이정표를 읽을 수 없었고, 바로 앞의 차 번호가 보이지 않았다.

시력 교정 수술을 하긴 했지만, 노안은 어쩔 수 없이 온다더니 벌써 그날이 온 것이다. 지난해부터 심심치 않게 사람도 못 알아보고, 잘 보이던 것들이 흐릿하게 보이더니 점점 시력이 나빠지고 있었다. 받아들이고 싶지 않아 자꾸 미루고 있었는데, 20년 만에 다시 안경을 쓰게 됐다.

마흔을 넘기면서 염색도 하기 시작했다. 흰머리가 앞머리를 점령

했다. 뒷머리에도 새치가 가득하겠지만 일단 내 눈에는 안 보이니 모른 척했다. 앞머리 셀프 염색을 하기 시작한 지 3년 차. 지난 몇 년간 쓰던 동일 제품으로 염색했는데 갑자기 염증이 생겼다. 염색약이 두피에 닿으면 가렵고 진물이 나기 시작했다. 전체 염색을 해야 할 정도로 흰머리가 많이 생겼는데 염색약 알레르기라니. 두피에 약물이 닿지 않게 하기 위해 염색이 더욱 소심해졌다.

하반기 강의가 모두 끝나고 겨울 휴가를 즐기던 날이었다. 새 학기가 시작될 때 염색하기 위해 흰머리는 잠시 방치한 채 안경을 끼고 텔레비전을 시청하고 있었다. 그 모습을 본 남편이 한마디 했다.

"아이고 우리 집에 할머니가 한 분 계시네."

나의 눈빛 레이저 한 방에 남편은 바로 무릎을 꿇고 손을 빌었지만 가장 현실적인 내 모습을 표현한 남편의 한 마디였다. 만약 갱년기에 들어섰더라면 눈빛 하나로는 끝나지는 않았을 것이다. 갱년기를 앞둔 나는 사춘기를 앞둔 우리 집 어린이를 세뇌시킨다.

"딸아, 사춘기랑 갱년기랑 싸우면 사춘기는 힘도 못 쓰는 거 알지?"

점차 신체적 능력이 상승하는 시기가 사춘기라면, 갖고 있던 능력마저 쇠퇴하는 시기가 갱년기이니 얼마나 상실감이 크겠는가. 미리 갱년기를 맞이한 나를 예측하며 우리 집 어린이에게 엄포를 놓아본다. 건강한 정신이 뒷받침되어 있지 않는다면 변화하는 육체를 받아들이지 못할 수도 있다. 그럴 때 갱년기 우울증이 발병하는 것이 아닐까.

얼굴엔 주름살과 기미가 늘어나고 있다. 흰머리는 점점 세력을 확장하고 있다. 인공 치아도 어느덧 뿌리를 내렸다. 횡단보도 하나도 전력 질주해서 건너기가 힘들어질 정도로 노화가 빨라지고 있다. 신체적 능력이 쇠퇴하고 있지만 그렇다고 힘없이 주저앉아 방구석에 틀어박혀 있을 순 없다. 일을 통해 즐거움을 느끼고, 새로운 것에 도전하고 싶은 것이 생긴다면 신체적 나이와 상관없이 언제나 청춘이지 않을까. 삶에 대한 의욕 없이 시간이 흘러가기만을 바랄 때 비로소 늙은 것이 아닐까.

새하얘진 머리에 돋보기를 쓰더라도 청춘이라 외칠 수 있길 바라본다. 청춘은 바로 지금이라고.

제발을 붙여 말한다는 건

한파가 한 꺼풀 물러갈 무렵, 오랜만에 캠핑에 나섰다. 큰언니네 부부와 남동생 부녀가 함께했다. 지금껏 친정에선 우리 집 어린이가 막내 조카로 사랑을 독차지했었는데, 동생네 아이가 태어나면서 시선의 방향이 바뀌었다. 한발 떼는 걸음마에 박수갈채를 쏟아 내고, '고모' 소리를 듣기 위해 조그만 생명체 앞에서 온갖 아양을 떨어댔다. 그런데 난 고모가 아니란다. 첫째, 둘째, 셋째까지는 고모가 맞지만, 넷째인 나를 앞에 두고는 "고모 아니야"라는 말을 쏟아 냈다. 조카의 냉정한 말에 혈연관계를 부정당했다.

지금껏 잘 놀아줬고, 딱히 잘못한 것도 없는데 고모가 아니라니. 그래, 오늘 헤어지기 전까지 고모 소리 듣고 보내줘야겠다. 먼저 오로라 가루로 모닥불의 색상을 바꿔주며 시선을 끌었다. 구운 마쉬멜로를 얹은 크래커를 입에 물려주면서 "고모 맞잖아. 맛있는 거 주는 넷째 고모"로 세뇌시켜봤자 소용없었다. 남동생의 말에 따르면 이랬다.

"얘가 아직 셋까지 밖에 몰라서 그럴 거야."

이런 이유라면 차라리 호칭을 바꾸어 버리자. 조카에게 말했다.

"그럼, 고모 하지 말고 이모 하자. 이모 맞지?"

조카의 끄덕임에 모두 한바탕 웃었다. 고모든 이모든, 어른 여럿을 웃게 만드는 꼬물이의 행동에 모두가 행복한 한때였다.

커가는 아이를 보며 가장 행복해야 할 때이지만, 남동생은 그렇지 못한 듯이 보였다. 올케와의 사이가 팽팽한 외줄 위에 서 있는 듯했다. 큰 고비를 넘기고서도 아직 서로의 접점을 찾지 못하고 서로 자기 고집만 부리고 있다.

어떤 부부든 상대방을 완전히 이해하기란 쉽지 않다. 나 또한 그랬다. 남편은 쓸데없는 고집이 센 편이다. 부인인 내 의견은 잘 받아들이지 않길래 큰언니나 형부들의 찬스를 이용한 적도 몇 번 있었다. 남편은 아주 간단한 방법으로 리폼을 해서 쓰기가 편해진 물건을 보며 자랑스러워하는 편이다. 그런데 남편이 생각하는 리폼이라는 게, 제대로 된 방법들이 아닌 것이 많다. 그래서 여러 번 말려 보지만 고집을 꺾지 않는다. 가령 이런 것들이다.

남편이 즐겨 입는 조끼가 날카로운 서랍장 모서리에 걸려 찢어진 적이 있었다. 꿰매서 입으면 될 것 같아서 바느질해 주겠노라고 했다. 손바느질로 인형도 여러 개 만들어 본 나였는데, 남편은 나를 못 믿는 것인지 귀찮게 하기 싫어서였는지 본인이 직접 해결하겠다고 했다. 상처에 붙이는 밴드 일부분을 잘라 붙이고는 검정 매직으로 칠했다. 그러곤 티도 안 난다며 뿌듯해했다. 세탁 한 두 번이면 떨어지고 말 것 같았지만, 본인이 만족하니 내버려둬야지 어쩔 수 없다.

어설프긴 하지만 고장 나거나 부서진 것을 고쳐 쓰는 건 이해할 만하다. 그런데 새로 산 물건도 본인에 맞춰 쓰겠다며 고집을 부릴 때 "제발, 그건 좀 하지 말아 줘"가 절로 나온다. 나의 '제발'을 들어 주지 않고 막무가내로 진행한 일은 이런 것이다.

새 아파트로 이사하고 들떠 있을 때였다. 샤워 부스 안의 비누 거치대가 가끔 비누를 집을 때 흔들리며 바닥으로 떨어지곤 했다. 조금 더 조심하면서 쓰면 될 일인데, 남편은 자신이 고쳐 보겠노라고 나섰다. 특별한 방법이 있을 것이라 기대한 것도 잠시, 남편은 순간접착제를 들고 욕실로 향했다.

"순간접착제가 만능이 아니잖아. 제발, 그건 아닌 것 같아. 고정을 안 시켜 놓은 건 이유가 있겠지."

제발 하지 말라는 나의 부름에도 남편은 의지를 꺾지 않았다. 욕실 앞까지 쫓아갔지만, 부부싸움이 날 것 같아 차마 몸으로는 막지 못했다.

4년이 지난 지금, 비누 거치대는 한 번도 고정된 적이 없었다. 남편이 만능이라고 생각한 순간접착제는 제 역할을 못 했다. 울퉁불퉁하게 두세 번 덧칠해 놓은 접착제는 변색이 시작됐다. 청소한다고 한들 변색한 접착제는 어떻게 할 수가 없었다. 떼어 내다가는 상처만 더 생길 것 같아 일단은 그냥 두고 있다. 분리수거와 음식물 쓰레기 버리기를 전담하고 출근 전에 설거지까지 해 주는 가정에 헌신적인 남편이지만, 가끔 부리는 똥고집 앞에서는 한숨이 절로 나온다.

부부라는 게 매번 의견이 일치할 수는 없다. 피를 나눈 가족들과도 의견이 맞지 않는데, 30년 넘게 남으로 살아온 이들이 결혼했다고 해서 같은 사고방식으로 살아가기란 쉽지 않다. 때로는 치열한 싸움 끝에 의견을 맞추기도 하고, 대립하며 에너지를 소비하고 싶지 않을 땐 한발 물러나 상대의 행동을 관측해 보기도 한다. 서로의 사고방식과 생활패턴을 조금씩 맞추어 살아가다 보면 백년해로하는 날이 오지 않을까. 남동생네도 한 발짝씩 양보해 가면서 서로 이해하며 살아가면 좋겠다. 꼬물이가 열 손가락을 다 써 가며 숫자도 세고, 작고 예쁜 입으로 쏟아 내는 고운 말들을 들으면서.

마지막으로 남편에게 한마디를 보낸다.

"내가 제발을 붙여서 반대 의견을 낼 때는 제발 내 의견 좀 들어줘."

꽃을 건네듯

우리나라엔 말과 관련된 속담이 많다. 그만큼 말이 우리 삶에서 차지하는 비중이 크다는 얘기다. 특히 미디어 속에서 유명 인사들이 말 한마디로 천당과 지옥을 오가는 것을 보면, 언제 어디서나 입 밖으로 내뱉는 말에 신중해야 함을 느낀다.

나는 매일 여러 사람을 만난다. 대부분이 일과 관련된 사람들이다 보니 말을 함부로 하지 않는 편이다. 강의 중 혼자 떠들었다 싶은 날엔 괜히 쓸데없는 얘기를 한 게 아닌가 하고 자책하는 날도 있다. 항상 상대방의 기분을 살피고 적절한 대답과 질문을 던지기 위해 애쓴다. 덕분에 잘 들어 주고 그에 맞는 대답도 잘하는 누구보다 친절하고 착한 강사다. 나 역시도 대화하기 불편하지 않은 사람이라 자평하고 있다. 그런데 이런 믿음이 흔들린 날이 있었다.

아버지 생신이라 가족 모임이 있던 주말 저녁이었다. 동생네 부부와 우리 부부가 같은 식탁에 앉아 대화를 주고받았다. 남편은 낯선 사람들과 이야기하더라도 대화를 이끌어 가는 능력이 있다. 적절한 유머와 개그를 곁들여 대화의 흐름이 끊어지지 않게 만든다. 단점이라면 센스와 눈치가 없다는 것이다. 남들은 어떨지 모르지만 내가 생각하기엔 그렇다. 넌지시 알려줘도 이해할 수 있는 이야기를 바로 알아듣지 못하기 때문에 직설적으로 말해줘야 한다. 그래서 질문이 많고 대화가 끊이지 않는 것일지도 모른다. 나의 다정한 말투가 척하면 척 알아듣지 못하는 남편 앞에서 무너졌다. 나는 물론 남편도 인지하지 못했는데 듣고 있던 여동생이 놀라며 말했다.

"언니는 왜 형부한테 사납게 말하는데?"

딱히 욕을 하거나 막말을 쏟아 내진 않았다. 단지 내 기분이 억양으로 반영되었을 뿐이다. 우리 부부가 평소처럼 대화를 나눈 것인데 동생이 생각한 사이좋은 부부의 대화 수준이 아니었던 거다. 삼자가 듣기엔 불편했나 보다.

가만히 생각해 본다. 같은 상황에서 대화 상대가 수강생이었다면 어땠을까. 방금 설명한 부분을 이해 못 하고 또 물어 온대도 몇 번이고 상냥하게 말했을 것이다. 하지만 세상에서 가장 편한 상대인 남편에게는 고운 말을 하지 못했다. 편함을 만만함이라 생각하고 긴장을 놓았을지도 모른다. 결혼 초에는 상대방에 대해 서로 모르는 게 많았다. 의견이 맞지 않아 많이 다투기는 했지만, 그렇다고 막말을 하지는 않았다. 함께 살아온 세월만큼 편해졌다. 그만큼 말도 거름망 없이 흘러나온 오물처럼 거칠어졌다.

아이가 어릴 때 예쁜 말 고운 말을 쓰라고 여러 번 말한 적 있다. 그러면서도 정작 나는 고운 말이 쉽게 나가지 않았다. 가끔 우리 집 어린이의 말을 못 들은 척하기도 하고, 별거 아닌 일에 큰 소리가 나기도 했다. 가끔 잊고 지낼 때가 많다. 가까운 사이일수록 상대방을 존중해 주어야 한다는 사실을.

하루를 마무리하기 전, 다짐해 본다. 인생의 마침표를 찍을 때쯤, 어느 시절을 둘러보더라도 항상 행복한 순간이기를 바라며 사나운 말투와의 마지막을 고한다.

아까 얘기했잖아.

징글징글하다 진짜.

가족이니까 참는다.

입 밖으로 내뱉지 않았더라면 더 많은 지분을 차지했을 행복들이 사라져 간 날이 여러 번 있었다. 아마 밖에서 만났던 사이에서 나왔던 말이었다면 진즉에 연을 끊었을 일이다. 가족이기에 막말을 쏟아내고도 가족이니까 관대한 포용으로 살아가고 있다.

바쁘게 흘러가는 삶 속에 쉼표가 한 번쯤은 필요한 지금, 행복을 위한 다짐을 새겨본다. 꽃을 건네듯 말을 건넨다는 마음으로 입안에 향기를 품고 살아야지. 내 향기가 상대에게 닿아 삶이 온통 꽃밭이 되도록.

꽃을 건네듯
말을 건넨다는
마음으로
입안에 향기를
품고 살아야지

April shower

연이은 봄비에 신록이 몰려왔다. 어디에 눈길을 두더라도 푸르지 않은 곳이 없다. 오랜만에 찾은 집 앞 공원에는 서로의 푸르름을 뽐내듯 풍성한 잎들이 그늘을 만들었다. 각양각색의 꽃들이 아름다움을 뽐낸다. 바닥에 얕게 깔린 토끼풀은 바람에 몸을 맡기고 연신 춤을 춘다. 무슨 봄비가 여름 장마처럼 내리냐고 투덜거렸는데 녹음을 만들어 내기 위해 감수해 낸 자연의 이치임을 이제야 깨닫는다.

키를 키워야 할 나무도 아닌데 얼마 전, 내리는 비를 그대로 맞은 적이 있다. 지난해에 탈락 되었던 보조금 사업에 다시 도전했다. 미리 교육을 들어 점수를 채우고 계획안을 새롭게 써서 공모했다. 접수 당일, "지난해에 비해 예산이 반으로 줄어서 지원을 많이 못 해 준다는 거 참고해 주세요"라는 담당자의 말에 탈락을 예상했다. 그래도 사람 일이란 게 어떤 방향으로 흘러갈지 모를 일이니, 결과 발표가 있을 때가지 살짝 기대를 했다. 역시나 결과는 탈락과 같은 예비 2번이었다. 새해 첫 도전부터 실패로 끝났다. 교육을 듣고 서류를 만들기 위해 수 시간을 매달렸다. 1년을 기다려 재도전한 공모에 또 떨어졌다. 탈락된 게 처음이 아닌데도 몰려오는 허무함은 감출 수 없었다.

지금과 같은 허무함을 느낀 적이 또 있었다. 고등학교 3학년 수학 시간을 앞둔 어느 날이었다. 수학의 정석 마지막 즈음을 풀고 있을 때였는데, 아무리 머리를 쥐어짜 봐도 이해가 되지 않는 문제가 있었다. 다른 수업 시간에도 그 문제가 머릿속을 맴돌았다. 내 수준으로는 정답을 알고 봐도 절대 풀지 못하는 미지의 영역과 같은 문제였다. 수능이 얼마 남지도 않았는데 진도도 못 따라가는 실력에 자괴감이 들기도 했다.

우리 반에서는 그 문제에 대해 아는 친구가 없었다. 별로 관심을 두는 것 같지도 않았다. 결국 수학 잘하기로 소문난 옆 반 친구를 찾아갔다. 친절히 설명해 주는 그 친구의 얼굴과는 달리 하나도 알아듣지 못한 나는 근심만 가득 안고 수학 시간을 맞이했다.

공부와 관련해서 집요하게 파고드는 스타일도 아닌데 풀리지 않는 수학 문제에 집착할 수밖에 없었던 것은 그날이 내 번호와 관련이 있었기 때문이다. 수학 선생님이라면 그날이 며칠인지에 따라 번호를 불러 문제 풀이를 시킬 것이 분명하다. 우리 반 모두가 알고 있듯이 그 문제는 나에게 올 것임을 확신했기에 나만 전전긍긍했다.

어려운 문제 하나쯤 못 풀면 어때라고 생각하겠지만 그때는 지금이 아니다. 대부분의 선생님들이 회초리를 들고 다니던 체벌이 허용되던 시대였다. 그중에서도 '찬밥'으로 불리며 학생들의 기피 대상일 순위였던 수학 선생님의 수업 시간이다. 사랑의 매라는 미명 아래 생각지도 못한 부위의 체벌로 한번 호되게 당한 적이 있다. 겨우 한대인데 숨도 못 쉴 정도로 아파서 다시는 이런 상황을 만들지 말아야지 하고 생각했던 그날의 매는 발바닥을 향해 있었다.

역시나 그 문제는 나의 것이었다. 칠판에 문제를 옮겨 적었다. 이후 풀이 과정을 적어야 하는데 멀뚱히 서 있기만 했다. 몇 분 뒤 땅이 꺼질 듯한 한숨을 쉬며 분필을 내려놓고 선생님의 결정을 기다렸다. 선생님이 물었다.

"못 풀겠어?"
"네, A(수학 잘하기로 소문난 친구)한테 설명 들었는데도 모르겠어요."
"여기서 이 문제 풀 수 있는 사람?"

선생님의 질문에도 손을 드는 학생이 한 명도 없었다.

"들어가."

사랑의 매를 예상했지만, 너무나 어려운 문제 앞에서는 포기와 실패도 허용됐다. 결과적으로 못 풀어도 되는 문제 하나를 두고 하루 종일 마음만 졸인 꼴이 됐다. 풀리지 않는 수학 문제 때문에 종일 애태우느라 다른 일이 쏟아야 할 내 에너지도 함께 타고 있었다.

살면서 수많은 실수와 실패와 탈락을 경험했다. 성공하지 못할 것을 알면서도 매달린 적도 여러 번 있었다. 쓰나미처럼 몰려오는 허무함에 며칠을 정신없이 지낸 적도 있다. 언제 꽃이 필지도 모르면서 내리는 비만 하염없이 맞은 꼴이 되었지만, 4월의 소나기를 꾸준하게 받아들인다면 언젠가 꽃은 꼭 피지 않을까. 신록으로 가득 채

우고 어서 오라 손짓하는 싱그러운 5월의 모습처럼. 그런 마음이 지
금의 나를 만들었다. 바닥을 가득 메운 토끼풀 중 하나가 될지라도.

될 것 같은데

매일 아침, 만원 버스에 초긴장이다. 요즘 말로 하면 인구 소멸 지역에 속하는 농촌 지역인데도 아침 버스만은 예외다. 하루 네 번 운행하는데, 등교 시간에 지나는 버스는 딱 한 대뿐이기 때문이다. 학교와 제일 가까운 우리 마을 사람들은 아침 버스를 타려면 항상 몸을 구겨 넣듯 타야 한다. 윗마을부터 차례대로 승객을 태워 내려왔으니, 의자에 앉을 생각은 언감생심 하지도 못한다.

버스를 놓친 날이었던가. 언니와 나는 자전거 한 대에 몸을 실었다. 신작로를 따라 신나게 내달리다 지름길인 농로를 앞두고 잠깐의 고민에 빠졌다. 운전을 맡은 언니가 물었다.

"내릴까?"

"아니, 그냥 가도 될 것 같은데."

호기롭게 외친 '될 것 같은데'의 메아리가 채 사라지기도 전에 중심이 흔들렸다. 갑자기 좁아지는 데다 커브까지 겹친 농로 입구를 너무 만만하게 봤다. 혼자서 탔더라면 가볍게 지나칠 수 있는 곳인데, 둘이나 올라탄 자전거는 그만 하천으로 꼬꾸라지고 말았다. 옷은 젖고, 자전거 체인은 빠지고, 팔에는 상처를 남긴 채 왔던 길을 다시 돌아가야 했다. 분명히 될 것 같은 일이었는데 안되고 말았다.

첫 직장 생활을 시작할 때도 '될 것 같은데'의 희망에 빠져 몰아붙인 일이 있다. 운전이 필수인 직업인데, 면허증만 있는 장롱면허 소지자인 딸을 앞에 두고 아버지가 운전 연수에 나섰다. 주차 연습을 위해 공터로 나가던 길이었다. 쌍둥이 같은 1톤 트럭 두 대가 하필이면 커브 길에서 만났다. 각자가 지나온 길은 1차선이어서 조금이라도 넓은 커브 길에서만 서로를 비켜 갈 수 있다. 조금만 더 공간이 있으면 쉽게 지나갈 수 있을 것 같은데 아슬아슬하다. 아버지가 말했다.

"옆에 차가 지나갈 때까지 기다려라. 잘하는 사람이 알아서 비켜 갈 거다."
"지나갈 수 있을 것 같은데요."

아버지의 만류에도 불구하고 슬금슬금 앞으로 나아갔다. 내 계산상으로는 분명 지나갈 수 있을 것 같았는데, 결국에는 반대편 차의 옆구리를 긁고 말았다. 호기롭게 외친 '될 것 같은데'는 사라지고 애꿎은 가슴만 쪼그라들었다. 얼른 내려 사과 인사를 했다. 그나마 다행인 건 동네 아저씨 차여서 인사로 끝낼 수 있었다. 아버지가 따로 사례를 했는지는 모를 일이지만. 될 것 같은 일이 안 풀리는 게 한두 번이 아닌데 그 뒤에 몰려오는 씁쓸함은 어쩔 수 없다.

희망을 담은 '될 것 같은데'와 반대로 불안이 가득한 '안 될 것 같은데'를 품고서 진행하는 일들도 있다. 한참 모자란 점수로 상위권 대학 원서를 쓴다던가, 스펙이라곤 하나도 없는데, 대기업에 원서를 내는 일 같은 거 말이다. 안 될 걸 알면서도 한 번은 해 봐야 후회를 끌어안고 마음 아파할 일이 없을 테니까.

얼마 전, 공모전에 작품을 제출한 적이 있다. 주제를 확인하고 문구를 만드는 데까지 20분 정도, 글씨 쓰고 편집하는 데 20분 정도, 원서 작성하고 제출하는 데 20분 정도가 들었다. 총 한 시간으로 끝낸 작품을 제출하면서 '안 될 것 같은데'의 마음이 컸다. 불현듯 떠오른 아이디어를 믿지 못했다. 보통은 '될 것 같은데'의 마음으로 작품을 제출하지만, 이번엔 달랐다. 작품에 확신이 없기도 했지만, 아이디어를 도출하기 위한 고민의 흔적이 없었다. 그만큼 투자한 시간이 너무 적었기 때문에 결과에 대한 확신이 없었다. 그런데 결과는 예상과는 반대로 우수상이었다.

나의 생활은 '될 것 같은데'의 마음과 '안 될 것 같은데'의 마음이 반반 섞인 채 진행되는 경우가 많다. 될 것 같은 일은 못 해내고 안 될 것 같은 일은 해내는 뒤죽박죽인 상황의 연속이다. 확신이 없는 상태라 불안함에 초조하고, 일말의 희망에 기대어 살아가기 때문일 것이다. 지금, 이 글을 쓰면서도 '때문이다'로 표현하지 않고 '때문일 것이다'로 표현한 것을 보면 이것 또한 확신이 없어서이지 않을까.

될 것 같은 일은 당연히 해보는 거고, 안 될 것 같은 일도 도전하는 걸 보면 결국에는 작디작은 희망 때문이 아닐까. 안 될 것 같지만 결과는 어떻게 될지 모를 일이니, 불확실 속에서 도전하고 또 도전하는 게 내가 살아가는 방법이다.

불확실 속에서
도전하고
또 도전하는 게
내가 살아가는
방법이다

들락날락하는 관계

전날 마신 술이 덜 깨서인지 모래주머니를 달아 놓은 듯 다리가 무겁다. 이럴 땐 엘리베이터 없는 4층이 사무실인 곳으로 이직을 결정한 게 후회될 정도다. 한 계단 한 계단 오를 때마다 다리는 점점 더 무거워진다. 3층부터는 곧은 자세로 걷는 것조차 어려워 몸을 앞으로 숙인 채 난간에 의지해 겨우겨우 한 걸음 내디뎠다. 숨을 고르며 도착한 사무실. 가장 먼저 컴퓨터 전원 버튼을 누르고 달달한 믹스커피로 빈속을 달래본다. 이곳에 출근한 첫날, 맞은편 자리의 그녀는 무표정한 얼굴로 이렇게 말했다.

"앞으로 선배라 불러."

사원이라는 같은 직급을 가진 내가, 먼저 입사한 그녀에게 선배라 부르라는 것에 토를 달 생각은 없다. 그런데, 타부서 여직원들은 그녀를 '언니'라 부르는데 나에게만 '선배'로 부를 것을 권하는 그녀가 텃세를 부리는 게 아닐까 생각했다. 아니면 첫 출근한 직속 후배의 기강을 잡기 위한 첫걸음 일지도.

하지만 그녀의 기강 잡기는 오래 가지 못했다. 워낙 선한 외향과 부드러운 성격을 가진 그녀는 근엄하고 무표정한 얼굴을 하는 게 더 힘든 일이었다. 나에 대한 작은 오해로 인해 거리를 두고 싶은 마음에 부러 차갑게 행동했다고 했다. 오해가 풀린 뒤 그녀와 나의 친밀함의 거리는 마주 앉은 책상만큼 가까워졌다. 모르는 사람도 단숨에 친구로 만드는 학연, 지연, 혈연 중 학연도 한몫했다. 학교에서는 단 한 번도 만난 적은 없지만, 같은 학교 같은 과 3년 선배라는 이유로 대화거리가 더 늘었다.

바로 맞은편에 앉아 업무를 보고, 취재를 핑계로 자주 외근도 함께 나갔다. 각자 일을 보다가도 점심시간이면 다시 모이고, 저녁까지 함께하는 날이 많았다. 둘 다 남자친구가 있었지만, 장기 연애와 장거리 연애로 인해 남자친구보다 더 많은 시간을 함께 보냈다. 그녀 덕에 곱창전골에 눈을 뜬 나는, 비 오는 여름밤이나 은행잎이 거리를 쓸고 다니는 날이면 뜨끈한 곱창전골 국물이 아직 생각난다.

상대를 배려할 줄 알고 진심을 다해 아끼는 그녀와 나는 총무팀 여직원과도 일상을 나누며 함께 어울려 다녔다. 총무팀 여직원과 본사 직원과의 연애 시작을 지켜보고 응원하기도 했다. 얼마 지나지 않아 그 둘은 결혼 날짜를 잡게 되었고, 결혼식을 얼마 남겨 두지 않은 날 사건이 터졌다. 사건이 터졌다기보다 몰랐던 사실을 그날 접하게 되었다는 게 더 가깝다.

본사 직원이 혼인신고는 하지 않았지만, 결혼식을 올린 이력이 있다는 사실. 이 이야기를 전해 듣고 놀라지 않은 사람이 없었지만, 그녀는 달랐다. 놀람과 당혹이라는 감정에 그치지 않고 행동으로 옮겼다. 먼저, 총무팀 여직원이 이 사실을 알고도 결혼을 하려고 하는 게 맞는지 확인했다. 대답을 듣고는 본사 직원을 만나기 위해 바로 발걸음을 옮겼다.

"결혼했던 걸 숨기고 만난 것이냐, 언제 결혼한 걸 애기했냐, 결혼하고 왜 헤어졌느냐, 이번에 결혼하면 잘 살 수 있느냐, 처음이 아니니 더 잘해야 한다, 믿는다."로 끝난 대화.

꼭 친동생 일인 것마냥 흥분하는 그녀의 모습에 난, 평생 그녀 곁에 있고 싶어졌다. 하지만 서로 가정을 꾸리고 맞이하게 된 물리적인 거리는 우리에게도 어김없이 적용됐다. 1~2년에 한 번 정도라도 만남을 유지해 오고 있었는데, 최근 몇 년 동안은 각자의 삶이 너무 바빴다.

얼마 전, 갑자기 생각난 그녀에게 만남을 권했다. 짧은 시간이라도 얼굴 한번 보고 싶다는 나의 요청에 약속 시간을 잡았다. 시간을 조율 해가며 어렵게 잡은 약속인데, 결국에는 그녀를 만나지 못했다. 당일 아침, 시댁에 급한 일이 있어서 만나기 어렵다는 연락이 그녀와의 마지막 대화였다. 약속을 취소했으니 다음 만남을 위한 연락을 기다렸다. 하지만 1년이 다 되도록 아무런 연락이 없다.

결국, 부담 없이 통화 버튼을 누를 수 없는 사이가 됐다. 헤어진 연인마냥 가끔 SNS를 통해 일상을 엿본다. 드문드문 올라오던 게시물마저 없는 날이 이어지면 궁금해지기도 한다. 이렇게 또 한 사람이 내 인생에서 옅어져 가는구나.

내 마음의 문을 열고 들어오는 사람이 있다면 나가는 사람도 있기 마련이다. 평생 들락날락하는 게 사람과의 관계가 아닐까. 그럼에도 그녀를 생각하면 마음이 조금 아프다.

마음의 문을 열고
들어오는
사람이 있다면
나가는 사람도
있기 마련이다

《당진 문학 10주년 리미티드 에디션》은 지역 문학의 기록과 작가들의 목소리를 담기 위해 기획된 한정판 시리즈입니다. 문학의 본질에 집중하고자 절제된 디자인과 단순한 구조를 선택했으며, 작품의 여운과 언어의 깊이를 오롯이 전달하고자 하는 의도로 제작되었습니다.

오늘도 부단히 씁니다

초판 1쇄 **2025년 10월 10일** 초판 1쇄 발행 **2025년 11월 01일**

지은이 **박해옥**
발행처 **재단법인 당진문화재단**
주소 **충남 당진시 무수동 2길 25-21** 전화 **041)350-2932** 팩스 **041)354-6605**
홈페이지 **www.danginart.kr**

크리에이티브 디렉터 **북베어** 경영지원 **한정희** 책임편집 **최은주** 교정교열 **김지윤**
디자인 **김지은 · 유승연** 멀티미디어 **이예린** 마케팅 **김도윤**

펴낸곳 **자유의 길** 등록번호 **제2017-000167호**
홈페이지 **https://www.bookbear.co.kr** 이메일 **bookbear1@naver.com**

ISBN 979-11-90529-43-3 (03800)